Harlequin®

Comme il est
doux d'entrer dans la
peau d'un personnage de roman,
de plonger dans une histoire qui n'est
pas la sienne et de pouvoir se dire :
"Et pourquoi une telle aventure ne
m'arriverait-elle pas à moi aussi ?…"

Car il n'y a pas d'âge pour aimer,
pas de frontière réelle entre le
rêve et la réalité.

Chaque mois,
Collection Harlequin vous
le prouve.

Une histoire très secrète

Melinda Cross

HARLEQUIN

Cet ouvrage a été publié en langue anglaise
sous le titre :

A VERY PRIVATE LOVE

Publié originellement par
Mills and Boon Limited, London, England

© 1985, Melinda Cross
© 1986, traduction française : Edimail S.A.
53, avenue Victor-Hugo, Paris XVIᵉ - Tél. 45.00.65.00.
ISBN 2-280-00389-9
ISSN 0182-3531

1

Les moteurs du 747 avaient atteint le maximum de leur puissance. L'avion gigantesque allait s'élever dans les airs. Valerie s'enfonça dans son siège ; elle serra les paupières le plus fortement possible, pour tenter d'échapper à la peur de quitter le sol, de s'envoler dans une machine pesant des dizaines et des dizaines de tonnes : qu'un tel engin puisse voler, n'était-ce pas l'absurdité même ?

Elle avait voyagé par avion beaucoup plus souvent que la moyenne ; elle ne parvenait pourtant pas à apprivoiser sa peur. Elle avait la certitude, irraisonnée mais inébranlable, qu'elle alimentait les statistiques ; chaque vol sans incident augmentait les chances de catastrophe pour le suivant — jusqu'à ce qu'un jour...

Elle demeura immobile, contractée, les mains agrippées à ses accoudoirs. Elle avait blêmi ; on eût dit une statue sculptée dans le marbre le plus blanc par un artiste épris d'harmonie et de beauté.

L'avion prenait de l'altitude. Le bruit des moteurs décroissait. Elle ouvrit les yeux ; grands, vifs, de la même nuance que le blond fauve de ses cheveux, ils redonnèrent vie instantanément à son visage, qui avait quelque chose d'enfantin, de vulnérable. L'engin eut un cahot, dû à un trou d'air. Elle essaya de se détendre, de penser à autre chose. Elle revit la matinée précédente.

Devant la tâche que lui avait assignée son rédacteur en chef, elle avait protesté :

— John, pourquoi ne pas le demander plutôt à Scott, ou à Terry ? Ils adorent ce genre de reportage. Qui plus est, ils possèdent l'un et l'autre des chevaux. Ils s'acquitteraient bien mieux que moi de ce travail, pour lequel je n'ai aucune compétence !

Les sourcils broussailleux de John s'étaient rapprochés dans l'une de ses célèbres mimiques.

— La semaine dernière, tu prétendais ne pas être capable de couvrir le sommet économique ; je ne t'ai pas écoutée, et je m'en félicite.

— C'était complètement différent ! Explique-moi, John, je ne comprends pas : il s'agit d'une exhibition de *chevaux*, non ? Pourquoi notre journal devrait-il relater un événement de ce genre ? C'est un fait local, que je sache ?

— Inutile d'ouvrir de grands yeux tristes, Valerie, tu ne m'attendriras pas. Ton père et moi étions frères, certes ; cela ne t'autorise pas à discuter mes décisions professionnelles. Aucun de mes journalistes ne se le permettrait. Tu es très bonne, tu tiens ta place au sein de l'excellente équipe de l'une des meilleures revues d'actualités ; il n'empêche que tu es aussi parfois l'insupportable gamine que tu savais être à deux ans. Cela ne m'a pas découragé alors, cela ne me découragera pas maintenant. Ici, je suis le rédacteur en chef, et toi la journaliste. Ne l'oublie pas.

Même dans ses accès de colère, qui étaient fréquents, John cachait mal son affection pour sa nièce. Valerie l'avait écouté sans s'émouvoir, un sourire complice aux lèvres.

— J'ajouterai, Valerie, qu'il ne s'agit pas d'une banale exposition de chevaux, mais d'un fait d'actualité important : si tu te donnais la peine de réfléchir aux réalités, tu saurais que d'une côte à l'autre, les chevaux constituent l'une des richesses de ce pays ; depuis qu'on y trouva la première pépite d'or, aucun investissement ne s'est révélé plus profitable que le pur-sang arabe. Ces animaux se vendent jusqu'à un million de dollars pièce, et tu n'appelles pas cela un événement? Maintenant file, va t'occuper de ton billet!

Elle hésita, un peu vexée tout de même.

— Pourquoi moi? Pourquoi pas Scott, ou Terry? Tous deux sont d'excellents professionnels, et qui plus est, ils adorent les chevaux.

Le visage de John prit l'expression de patience résignée qu'il adoptait parfois pour répondre à ses questions.

— Justement. Ils connaissent les chevaux et ils les adorent : leurs reportages seraient vus de l'intérieur. Tu détestes les chevaux et tu en ignores tout : la fascination ne t'égarera pas, tu auras une vision objective, comme l'immense majorité de nos lecteurs. Sous ta plume, l'événement deviendra un fait d'actualité, non une enquête pour spécialistes. C'est précisément ce que je souhaite.

— Très bien. Je m'en chargerai donc. Mais je n'y prendrai pas plaisir.

De la porte, elle lui envoya un baiser.

— Au revoir, oncle John, à la semaine prochaine!

— Ne m'appelle pas oncle John! rugit-il.

Elle s'en était allée en riant sous cape.

Elle souriait encore à ce souvenir; la voix tonitruante de son oncle avait été un élément capital dans sa vie depuis la disparition de ses parents, quand elle avait trois ans. Durant toutes les années où Valerie avait grandi dans l'élégant appartement new-yorkais, les explosions de colère de John avaient épouvanté un nombre incalculable d'employées de maison, qui se succédaient à son service sur un rythme accéléré; mais pour la petite fille, ces rugissements étaient synonymes de sécurité. Oncle John était à la maison, sa voix faisait trembler les vitres, mais il était présent; il allait l'enlever comme une plume dans ses grands bras pour la couvrir de baisers, l'aider à finir ses devoirs, ou écouter patiemment pendant des heures le récit de ses petites misères.

— Le bar est ouvert, Miss. Désirez-vous un cocktail? Un soda?

— Pardon? Ah! oui. Un jus de fruit, s'il vous plaît. Pamplemousse, de préférence.

L'hôtesse s'éloigna, et la jeune fille revint à la réalité.

— Vous détestez l'avion, si je ne me trompe?

L'homme qui s'adressait ainsi à elle était assis sur sa droite, de l'autre côté du passage. Il tendit la main.

— Jacob Lancer.

La main était large, et le jeune homme auquel elle appartenait incroyablement beau. Elle sourit, contente d'échapper quelques minutes à ses angoisses.

— Valerie Kipper. C'est vrai, je déteste l'avion.

— Vous êtes Valerie Kipper?

— Vous connaissez mon nom?

— Si vous êtes la célèbre journaliste de *La Voix de l'Amérique,* oui.

— J'y collabore, en effet.

— Quel plaisir de vous rencontrer! Je suis vos enquêtes avec beaucoup d'intérêt. Me permettez-vous de m'asseoir à vos côtés?

Elle fit un signe d'assentiment.

Elle essayait de réprimer la question, presque rituelle chez elle, qui lui venait immanquablement à l'esprit. « *Est-ce lui?* Est-ce enfin lui? »

Depuis toujours, elle était convaincue qu'elle reconnaîtrait au premier coup d'œil l'homme qu'elle était destinée à aimer. C'était une conviction puérile, une réminiscence de contes de fées, elle le savait; malgré tous ses raisonnements, elle n'avait pu s'en défaire. Peut-être parce qu'elle n'avait jamais réellement expérimenté une situation de famille classique, elle était fascinée par l'idée du mariage, des enfants. Elle, dont la

8

plupart des femmes aujourd'hui auraient envié la carrière brillante, l'avenir prometteur et la liberté, nourrissait dans le secret de son cœur des rêves démodés d'amour éternel. A vingt-cinq ans, à cause de son indépendance, de sa position, de sa beauté aussi, elle intimidait presque tous les hommes ; néanmoins, elle s'obstinait à croire qu'il en existait au monde un seul qu'elle n'intimiderait pas, auquel elle pourrait se donner sans réserve. C'est pourquoi elle observait attentivement ceux qu'elle rencontrait ; à propos de celui-ci, comme de tous les autres, elle n'avait pas manqué de se poser la question : « Est-ce lui ? »

Il avait un visage ouvert qui lui plaisait, l'aspect sportif d'un homme qui travaille en plein air. Bronzé, musclé, ses cheveux blonds éclaircis par le soleil, il avait l'air d'un athlète au mieux de sa condition, dont la physionomie reflète l'équilibre et l'excellente santé. Souplement, il vint s'asseoir dans le siège resté vacant à côté d'elle ; elle fut alors frappée par ses yeux.

— Vous avez des yeux d'une couleur rare ! s'écria-t-elle sans malice.

Il eut un rire un peu réticent.

— Eh oui, c'est mon seul signe distinctif. De moi, les gens ne se rappellent que la couleur des yeux. Je suis « Jacob Je-ne-sais-plus-comment, celui qui a des yeux pervenche... »

— C'est cela ! C'est exactement leur couleur !

Il leva les épaules avec une mimique expressive, à la fois fataliste et enjouée. Il était sympathique, ce jeune homme, décida Valerie.

— Pourquoi craignez-vous tellement les décollages ? reprit-il. Vous devez voyager beaucoup, dans votre métier ?

— Enormément, mais cela ne facilite rien. Mes parents se sont tués dans un accident d'avion.

— Oh ! je suis navré. Je vous prie de m'excuser. J'ai le chic pour parler à tort et à travers.

— Ce n'est pas bien grave. La question était très anodine, et l'événement date de longtemps. J'avais trois ans, à l'époque.

Il resta silencieux un moment, puis se tourna vers elle en souriant.

— Bon. Reprenons tout à zéro. Cela ne vous ennuie pas que nous bavardions un peu ? J'ai passé une bonne partie de la semaine à voyager, toujours seul. Je me suis terriblement ennuyé, et je suis ravi d'avoir de la compagnie aujourd'hui ! Vous êtes en mission ?

— Oui. Et elle n'est pas de mon goût, malheureusement ! Mon rédacteur en chef est un tyran. M'obliger à couvrir une manifestation hippique !

— C'est vrai ?

— Oui, une histoire de pur-sang arabes qui se passe à Lexington. Cela s'appelle le Grand Prix d'Egypte. Selon lui, c'est un événement majeur. Il m'a désignée pour le couvrir, vous ne le croiriez pas, à cause précisément de mon aversion pour les chevaux : il prétend que cela me rendra objective.

— C'est un raisonnement sans faille.

— Ce qu'il y a de terrible avec John, c'est que ses raisonnements sont toujours sans faille !

— On dirait que vous l'aimez bien tout de même !

Son discernement plut à Valerie.

— Vous avez raison. Figurez-vous qu'il est à la fois mon rédacteur en chef, mon oncle et mon tuteur. C'est curieux, d'habitude, je ne l'avouerais pour rien au monde. Les gens s'imagineraient, c'est ce que je crains en tout cas, que je ne dois mon job qu'à cette parenté ; or, j'ai travaillé très dur pour l'obtenir.

— Quiconque lit vos articles ne saurait en douter, rassurez-vous. Ainsi, vous n'aimez pas les chevaux ?

— Non, ils sont trop grands, dangereux, et stupides.

Il rit de bon cœur.

10

— Votre définition correspond à peu près à celle d'un cheval sauvage ! Qu'est-ce qui a motivé une telle phobie ?

— J'étais très petite, et l'animal était très grand. Comme beaucoup d'enfants, j'éprouvais une véritable fascination pour les chevaux. Oncle John a accepté de m'emmener dans un manège de Central Park. Je suis tombée et je me suis cassé le bras.

— L'un de ces chevaux vous a éjectée ? Vous plaisantez !

— Oh ! il était très calme, et il semblait très vieux. Mais c'était un tueur. Je l'ai vu dans ses yeux. Depuis, je n'ai plus jamais approché ces animaux.

Elle aimait la façon dont il plissait les yeux quand il riait. Il riait facilement, sans donner l'impression de se moquer. Elle se confiait sans contrainte, tout naturellement, si naturellement qu'elle en vint à se poser plus sérieusement la question fatidique : Jacob Lancer serait-il... *lui*, l'unique ? La révélation s'imposait-elle brutalement, ou bien doucement, progressivement ?

Elle lui racontait interminablement son enfance dans l'appartement que John occupait en célibataire, et prenait un plaisir inattendu à partager avec lui ses souvenirs les plus chers. Jacob écoutait avec attention, posait des questions qui eussent été indiscrètes dans la bouche de tout autre, et riait énormément. Il semblait s'amuser autant qu'elle. Quand l'avion se posa à Cincinnati, elle se dit qu'il en connaissait plus sur son histoire que n'importe qui, l'oncle John excepté.

Aussi fut-elle ravie d'apprendre qu'il prenait le même vol qu'elle jusqu'à Lexington.

— Savez-vous que vous avez un talent démoniaque pour faire parler les gens ? avoua-t-elle. J'ai l'impression de vous avoir livré mes mémoires en totalité, alors que je ne sais strictement rien de vous.

Il rit, naturellement. En même temps, il lui prit la main et la serra ; le petit appareil allait décoller, et il avait perçu l'angoisse de sa compagne. Cette sollicitude la toucha.

— Peut-être, mais vous, vous avez un talent de conteuse peu ordinaire, et une vie qui n'est pas banale ! Quel mérite y a-t-il à vous écouter ? Tout cela est très intéressant.

— Arrêtez, vous allez me faire rougir ! Bon, à votre tour maintenant. Une question me brûle les lèvres depuis le moment où je vous ai vu. Tout dans votre aspect physique indique que vous travaillez à l'extérieur, vous devriez travailler dans le bâtiment, mais quelque chose me dit que ce n'est pas le cas. Pourtant, on ne saurait garder un corps en telle condition physique en restant dans un bureau.

Il posa sur elle un regard amusé autant que surpris.

— Vous êtes la première femme que j'entends faire allusion au corps d'un homme, admettre même qu'elle l'a jaugé, sans manifester le moindre embarras !

— Cela doit provenir de ce que j'ai été élevée par un oncle célibataire. Certaines formes d'affectation féminine me sont inconnues. Mais vous n'avez pas répondu à ma question ?

— Vous devriez avoir honte ! Vos propos laissaient entendre qu'un ouvrier ne peut pas avoir de conversation, et qu'un intellectuel ne peut pas entretenir ses muscles. C'est de la diffamation dans les deux cas.

— D'accord, je plaide coupable. Alors, quelle est votre occupation dans la vie ?

Il eut un sourire penaud.

— J'entraîne les chevaux à ne pas casser les bras des petites filles.

— Soyez sérieux !

— C'est tout à fait sérieux, je vous assure. Je suis dresseur de chevaux.

— Comme dans un cirque ?

Il emplit l'étroite cabine de son rire.

— Parfois, je me le demande, mais à strictement

parler, non. J'entraîne des chevaux en vue de manifestations comme le Grand Prix d'Egypte.

— Vous voulez dire que certains gagnent leur vie de cette façon ?

— Oui, et fort bien, vous pouvez me croire. Vous êtes vraiment novice en la matière, n'est-ce pas ?

— Pour vous dire la vérité, j'imaginais ne rencontrer que des paysans faisant courir leurs bêtes autour de bidons vides ! Cela ne vous ressemble pas tellement, qu'en pensez-vous ?

— A une certaine époque pourtant, je n'en étais pas si loin. Mais à présent, c'est vrai, j'évolue dans un cercle différent.

Il s'était rembruni.

— Vous savez, il y a encore quelques années, le pursang arabe était la monture idéale parce qu'elle servait à tout : le saut, l'endurance, la course. A présent... c'est une occupation où l'on brasse infiniment plus d'argent qu'on ne l'aurait imaginé il y a vingt ans. Et je ne sais pas si je le regrette ou non. Il m'arrive de penser que je préférerais faire courir mes chevaux autour de vieux bidons, et être un vrai paysan de la terre.

Il releva la tête, sourit.

— J'espère que votre rédacteur en chef a vu juste ; une enquête objective ne peut que nous être bénéfique.

— J'ai tout à apprendre, soupira Valerie. Si toutefois vous avez un peu de temps à me consacrer, peut-être accepterez-vous de m'initier à ce monde ?

Les traits de Jacob Lancer s'épanouirent.

— S'il s'agit de vous, je suis tout disposé à le faire en dehors de mes heures de travail !

Valerie songea que si l'avion ne s'écrasait pas au sol, si un cheval ne la piétinait pas, cette mission pourrait ne pas se révéler aussi désagréable qu'elle l'avait cru.

2

Elle eut la surprise de constater qu'une petite foule les attendait dans l'aérogare. Les flashes crépitaient, les micros se tendaient vers Jacob. Les questions fusaient de partout à la fois. Valerie comprit que Jacob était une célébrité. Il était assez déconcertant pour elle de se trouver en face d'une meute de journalistes déchaînés.

— Monsieur Lancer ! Venez-vous ici pour votre compte, ou celui de Rissom ?

— Est-il vrai que vous quittez Rissom, Jacob ?

— Ferez-vous une déclaration au sujet de Sheikh el Din ?

Son compagnon de voyage rieur et sans prétention s'était complètement métamorphosé. Elle avait maintenant sous les yeux un personnage public qu'elle ne reconnaissait pas.

— Mesdames, messieurs, je vous en prie ! Nous aurons quatre jours pour parler de tout cela. Je vous donne rendez-vous demain matin aux écuries Rissom, à huit heures. Je répondrai à toutes vos questions. Pour l'instant, mon unique préoccupation est de persuader cette ravissante jeune femme de dîner avec moi. Je penserai aux chevaux demain.

Avec un sourire de conspirateur, il leva la main pour arrêter le flot des questions qui avait immédiatement repris.

— Vous savez tous quel prix j'attache à la protection

de ma vie privée, en tous cas c'est ce que vous professez dans vos écrits.

Des rires complices lui répondirent.

— Alors ne cherchez pas à en savoir plus long sur cette jolie demoiselle, poursuivit-il en passant nonchalamment le bras autour des épaules de Valerie. Veuillez nous excuser à présent. Nous avons eu un voyage très fatigant.

Doucement mais fermement, il entraîna Valerie. Ils fendirent la foule des journalistes dont tous les yeux étaient braqués sur eux. Dans le taxi, il se détendit.

— Je suis désolé, s'excusa-t-il, ne m'en veuillez pas. J'aurais dû prévoir ce qui vient de se passer. On a ébruité l'heure de mon arrivée. Je croyais que nous aurions le temps de décider de la conduite à tenir, mais j'ai été pris de court.

— Quelle conduite à tenir ?

— Ecoutez, s'ils découvrent qui vous êtes, vous ne pourrez effectuer votre enquête dans les conditions que vous souhaitez. Ils ne vous diront que ce qu'ils veulent voir imprimé. Nous sommes excédés de ce genre de reportage. Nous voulons faire l'objet d'une information réellement objective.

Il lui jeta un coup d'œil contrit.

— J'ai pensé que cette couverture vous permettrait de conserver l'anonymat.

— Clarifions les choses, voulez-vous ? Vous êtes une célébrité dans ce métier, si je ne me trompe ?

— C'est exact. Je suis affreusement populaire.

— Vos talents de playboy sont bien connus également, je crois ?

— C'est du moins ce que prétend la presse.

— Et vous laissez entendre aux medias que je suis votre... votre « compagne » le temps d'un Prix, égyptien ou pas ? Vous appelez cela une couverture ?

— Pardonnez-moi, ce n'était pas prémédité.

Il soutint son regard.

— L'idée vous répugne-t-elle tant ?

— Je n'en sais rien, mais vous me mettez dans une situation déplaisante. Très franchement, je préférais le personnage avec qui j'ai agréablement voyagé à celui que j'ai découvert à l'aéroport !

— Pourquoi ? Parce que jusque-là vous étiez la vedette ?

— Ce qui signigie, au juste ?

— Que Valerie Kipper n'apprécie pas de jouer les seconds rôles derrière un entraîneur de chevaux !

— Valerie Kipper n'apprécie pas de jouer les petites amies de n'importe quel homme ! Cela n'a rien à voir avec les seconds rôles !

— Bon, bon, je comprends. Cela offense vos principes. J'ai commis un impair. Fort heureusement, cela peut se rattraper facilement. Il suffit que je vous présente officiellement lors de ma conférence de presse demain matin.

Il prit un ton très compassé pour annoncer dans un micro imaginaire :

— Et maintenant, mesdames et messieurs, puis-je vous présenter Valerie Kipper, journaliste de grand renom, qui se trouve parmi nous pour effectuer une enquête approfondie sur l'industrie du cheval arabe. De grâce soyez absolument naturels, et rigoureusement honnêtes dans vos réponses à ses questions ; elle pourra ainsi écrire toute la vérité sur notre métier dans *La Voix de l'Amérique* !

Elle se contraignit à ne pas sourire.

— Vous croyez que je les intimiderais, qu'ils ne seraient pas eux-mêmes ?

— J'en suis persuadé.

— C'est bon, je me rends. Après tout, l'idée n'est pas si mauvaise. Pourtant, je ne sais pas si je pourrai jouer longtemps les femmes effacées : cela n'est pas dans ma nature, vous savez !

— Je m'en suis aperçu, dit-il en riant largement.

Ils s'aperçurent qu'ils avaient réservé dans le même hôtel. C'était pure coïncidence, mais l'attitude ostentatoire de Jacob pouvait laisser croire qu'il en était autrement. Il s'empressa autour d'elle d'une façon très théâtrale qu'elle n'apprécia pas. En l'escortant jusqu'à sa chambre, il comprit sa maladresse et s'en excusa. Elle promit de dîner avec lui et fut très contente de se retirer dans sa chambre.

Elle se plongea dans un bain pour se détendre et méditer.

Jacob la déconcertait. Il appartenait à une catégorie socio-professionnelle dont elle ignorait tout. Il lui avait plu par son caractère ouvert, cordial, sans complexes. Telles étaient en tous cas les qualités qu'elle avait relevées chez l'homme privé. Quant à l'homme public, il ne l'avait pas convaincue. Restait à savoir lequel des deux était le véritable Jacob Lancer...

Elle choisit de revêtir un ensemble de soie dont la nuance était précisément celle des yeux de Jacob. Profondément échancrée, la blouse avait des manches bouffantes qui mettaient en valeur la grâce de ses bras et de ses mains. Pour la coiffure, elle eut recours à l'une des recettes les plus éprouvées qui soient : elle laissa libres ses longs cheveux coupés au carré, qui encadrèrent son fin visage de lourdes vagues. D'habitude, elle n'avait que mépris pour ces artifices, mais elle s'avoua que, pour une fois, il ne lui déplaisait pas de séduire un séducteur !

A son entrée dans le hall, il se leva lentement de son fauteuil, médusé.

— Cet après-midi, j'étais persuadé ne jamais voir de femme plus belle que vous l'étiez alors, et ce soir, voici que j'en rencontre une plus merveilleuse encore...

La sincérité candide du compliment la désarma.

— Merci, Jacob.

Il ne trouva rien à répondre. Il restait immobile, un peu emprunté. Sa chemise blanche ouverte au col contrastait avec le hâle intense de sa peau. Il émanait de lui un magnétisme qui avait quelque chose d'animal dans son éclatante bonne santé.

— J'imagine que vous avez entendu de tels compliments dix mille fois au moins! Après cela, il ne me reste plus rien à ajouter d'un peu original...

— Vous vous trompez.

Ils commandèrent des cocktails. Il demeurait anormalement silencieux. Il gardait les yeux fixés sur elle, pensif.

— Quelle jolie salle à manger! risqua-t-elle pour rompre ce silence qui la gênait.

Elle aurait bien aimé retrouver le climat de complicité de leur causerie durant le voyage. Cet autre Jacob Lancer, taciturne et visiblement mal à l'aise, la déconcertait.

— Ai-je dit quelque chose qui vous a froissé? s'inquiéta-t-elle.

— Pardon? J'étais distrait, excusez-moi. Je crains de ne pas être un brillant compagnon ce soir. Ce qui se passe, c'est que... eh bien, je suis intimidé, voilà. C'est la première fois que cela m'arrive en face d'une femme et cela me paralyse.

Elle essaya de ne pas montrer sa déception. Ce n'était pas *lui*. Ce ne pouvait pas être lui.

— Intimidé? Pourquoi?

— En vérité, je ne sais pas. D'habitude, je suis très à l'aise avec les femmes. Mais avec vous... Je pense que l'intelligence donne à la beauté une dimension particulière, que je n'ai jamais rencontrée.

Elle posa fraternellement sa main sur celle du jeune homme.

— Ce n'est pas grave, Jacob, personne ne le saura. De grâce, reprenez-vous. L'humilité ne vous sied pas du tout. N'oubliez pas que je suis censée être l'une de vos conquêtes.

Il la regarda tristement.

— Il n'y a pas l'ombre d'une chance, vous le savez bien.

Jacob s'était excusé un instant pour aller chercher des cigarettes. Valerie se laissa aller contre le dossier capitonné de sa chaise, y appuya la tête en fermant les yeux. Elle avait été très tendue durant toute cette conversation. Ainsi abandonnée, sa chevelure blonde en cascade derrière elle, elle offrait une image particulièrement ravissante.

— Joli tableau, dit une voix sarcastique.

Elle sursauta. Devant elle se trouvait un homme très brun, à la physionomie sévère, qui lui rappelait vaguement quelque chose.

— Alors, c'est vous la nouvelle conquête de Jacob ? poursuivit-il sur le même ton. Je dois avouer que cette fois, il s'est réellement surpassé !

Elle se redressa vivement. Elle avait rougi. Elle se retint à temps de protester qu'elle n'était pas l'amie de Jacob, inspira largement pour se calmer. Lui, sans gêne aucune, inspectait la rondeur de ses seins que révélait l'échancrure de la blouse. Elle serra les poings, le regard étincelant de colère.

— Je présume que vous êtes un ami de Jacob, et que votre occupation principale consiste à inspecter son cheptel ?

Il eut une réaction qui la surprit : il éclata de rire, comme si cet excès de langage le comblait d'aise. Il leva un sourcil très noir.

— Je crois que j'ai sous-estimé Jacob — et vous aussi, encore que j'en doute. Une femme qui arbore un décolleté aussi provocant s'expose à ce genre d'inspection, je dirais même qu'elle la suscite.

Il s'installa nonchalamment sur la chaise en face

d'elle. Elle réprima une envie puérile de se sauver à toutes jambes. Au lieu de quoi, elle laissa tomber sèchement :

— Si vous cherchez Jacob, il est monté dans sa chambre.

Il approuva tranquillement d'un signe de tête et appela le serveur.

Un tel sans-gêne exaspéra Valerie, qui se sentit devenir rouge de colère.

— A moins que Jacob ne vous invite à vous joindre à nous, vous êtes importun ici ; je vous prie donc de me laisser.

— Jacob est toujours ravi de me voir, répliqua-t-il simplement.

Le serveur approchait, courbé comme en présence d'une altesse, ce qui parut comique à Valerie.

— Nous allons bien voir si Jacob est ravi, lança-t-elle sans aménité.

Elle détourna le visage. Le regard magnétique de cet homme la mettait très mal à l'aise. Elle s'en voulait terriblement d'avoir accepté de jouer le rôle proposé par Jacob ; il lui déplaisait fortement que des personnes du genre de l'homme qui était en face d'elle croient à cette histoire. Etre la maîtresse en titre de Jacob n'avait rien de flatteur à leurs yeux, elle s'en rendait compte à présent. Cette situation était ridicule.

Son malaise même l'inquiétait. Habituellement, elle éprouvait une confiance totale en elle. Rien ne la prenait au dépourvu ; au contraire, son assurance lui conférait un air de supériorité qui impressionnait généralement ceux auxquels elle avait affaire.

Elle se força au calme, en apparence tout au moins. Elle étudia délibérément la physionomie de son adversaire.

Ses traits étaient presque ascétiques. Ses pommettes saillantes, ses joues creuses donnaient à son visage quelque chose d'inquiétant dans la demi-clarté de la salle à manger. Il avait le teint très bronzé, comme Jacob, mais on devinait que chez lui, le soleil n'y était pour rien. Des yeux sombres, d'un brun presque noir, d'épais sourcils ironiques, une crinière noire et drue achevaient de composer une figure vraiment peu banale.

— Quel effet cela produit-il? demanda-t-elle.

— Quoi donc?

— D'être évalué comme une pièce de bétail.

Il haussa les épaules.

— Pour un homme, naturellement, c'est assez déconcertant. Les femmes ont rarement la hardiesse de les évaluer comme vous le dites. Pour une femme qui est souvent confrontée à cela, j'imagine que c'est lassant. Vous au contraire, il semble que vous en redemandiez, n'est-ce pas? Sinon, vous vous habilleriez autrement.

Elle retint une terrible envie de le gifler. Il dut lire cette impulsion dans son regard, car il sourit.

— Bien que mon aptitude à lire sur les visages paraisse me déserter, je devine une étincelle d'intelligence derrière vos regards meurtriers. Vos relations avec Jacob Lancer ne laissent pas de m'étonner. L'intelligence n'a jamais été une priorité dans ses sélections.

— Vous êtes d'une grossièreté intolérable, répliqua-t-elle, luttant pour ne pas céder à son emportement. Qui êtes-vous?

Il continua à l'examiner sans se troubler. Il avait un regard d'une intensité exceptionnelle. Elle frémit.

— J'ai une autre question, beaucoup plus intéressante, lança-t-il : vous, qui êtes-vous? Il crève les yeux que vous n'êtes pas des fréquentations habituelles de Jacob.

S'il la reconnaissait pour autre chose qu'un simple objet sexuel, elle voulait bien se détendre un peu. Son visage s'adoucit légèrement.

Sans préavis, il allongea la main vers ce visage dont il prit le menton. Il le leva vers lui pour l'examiner tout à loisir. Elle en resta sans souffle, incapable d'esquisser un geste.

— Charles !

C'était Jacob, l'air un peu agacé. Valerie perçut la légère crispation des doigts qui lui tenaient le menton. Ils ne l'abandonnèrent cependant pas immédiatement ; leur propriétaire voulait sans doute montrer aux deux jeunes gens qu'il cédait de sa propre décision.

Jacob était resté debout, indécis. Ses yeux avaient quelque peu foncé, son visage rosi.

— Asseyez-vous donc, Jacob ! C'est votre table après tout. Et votre amie.

Le ton était parfaitement insultant. Jacob accusa le coup, mais obtempéra sans rien dire. Il chercha le regard de Valerie. Elle le rassura d'un sourire crispé.

— Alors, vous vous êtes présentés ? commença-t-il gauchement.

— Pas dans les formes, répondit Charles en regardant Valerie. Je jurerais que je la connais, mais je n'arrive pas à la situer. Pourtant, cette personne a un visage qu'on ne peut guère oublier...

Pour masquer son hésitation, Jacob prit une longue gorgée.

— Valerie, se décida-t-il, permettez-moi de vous présenter Charles...

— Rissom, termina l'homme.

Les regards des deux hommes se rencontrèrent brièvement. Jacob reprit :

— Charles est mon employeur. Et voici mon amie, Valerie.

— Valerie Smith, glissa-t-elle.

Elle fit un petit signe de tête.

— Vraiment ? dit Charles d'un air de doute. Je suis enchanté, Miss Smith. Depuis combien de temps

22

vous et Jacob êtes-vous… amis ? Je ne me souviens pas l'avoir jamais entendu parler de vous.

— Oh ! nous nous connaissons depuis peu de temps, se hâta d'affirmer Jacob. Valerie voulait s'initier au métier. Le Grand Prix d'Egypte sera une expérience instructive pour elle.

— Je comprends. Tout le monde aura à cœur de l'initier.

Il goûta la boisson que le serveur lui avait apportée.

— Tout à fait réussi, Robert. Merci beaucoup.

Il ouvrit la carte et l'offrit à Valerie, comme s'ils étaient seuls.

— Je me permets de recommander les viandes rouges, et le veau. Pour ce qui est des poissons, ce n'est pas fameux.

En prenant la carte, elle toucha le bout de ses doigts. Elle retira vivement la main, comme si elle s'était brûlée ; ce léger contact lui avait paru irradier une étrange chaleur. Elle se plongea dans l'examen du menu. A sa grande gêne, elle se sentait rougir, rougir de plus en plus sous ce regard aigu ; n'y tenant plus, elle se leva.

— Je vais prendre du poulet, dit-elle brièvement. Voulez-vous commander pour moi, Jacob ? Je reviens dans quelques minutes.

Elle traversa la salle, la démarche altière.

Dans les lavabos, elle mouilla une serviette qu'elle appliqua sur ses tempes. Heureusement, son trouble n'était pas très visible : le miroir lui renvoya l'image hautaine d'une jolie jeune femme, aux yeux brillants et aux joues roses.

Elle se savait belle, ce qui ajoutait à son assurance. Et voici que pour la première fois de sa vie, le regard d'un homme l'emplissait de doute. Tout à coup, elle se trouvait banale et redoutait qu'il ne la trouve laide. Puérilités ! se dit-elle avec irritation. Cet homme qu'elle connaissait à peine, elle désirait donc lui plaire ?

Elle inspira profondément plusieurs fois, puis affronta son propre regard dans le miroir. Elle venait de le comprendre : c'était *lui*. Lui, l'unique. Mal élevé, cynique, dominateur ; en dépit de tout cela, aucun doute, c'était lui.

Que faire ? Tout s'embrouillait dans son esprit qui flottait, complètement désorienté, ne sachant quelle décision prendre. Après ces quelques instants de confusion, un grand calme se fit en elle. C'était très simple : elle allait revenir dans la salle à manger et lui dire toute la vérité. Elle lui avouerait son identité, et les raisons de sa présence ici. Il lui en coûterait sans doute un article ; cela lui paraissait de peu d'importance, à présent.

Elle s'approcha de la table en hésitant, les yeux fixés sur la nuque de Rissom, en proie à des émotions mêlées. Brusquement, elle s'arrêta. Rissom. Charles Rissom. Comment ce nom ne l'avait-il pas frappée ? Instantanément, le réflexe professionnel joua : elle se rappela ce qu'elle savait de cet homme, ce qu'en disait la légende, tout au moins.

Charles Rissom, le dernier monstre sacré de l'Amérique ; dernier représentant de ces aventuriers de génie qui avaient bâti des empires. Un géant.

Il était fabuleusement riche ; il avait créé des dizaines de sociétés, en avait absorbé des dizaines. Il transformait en or tout ce qu'il touchait. Personne ne connaissait exactement l'étendue de son empire. Il haïssait la presse, les journalistes. Aucun n'avait jamais réussi à l'interviewer. La seule image connue de lui était une photo prise au téléobjectif, floue et datant de plusieurs années : on l'y voyait monter un cheval arabe.

Son instinct de journaliste le disputait aux émotions que cet homme avait suscitées en elle ; le conflit était cornélien. Dire la vérité, au prix du plus beau scoop qu'elle eût jamais réalisé ? Ou maintenir la fiction de son intrigue amoureuse avec Jacob, qui était l'astuce idéale pour endormir la méfiance de Rissom, et obtenir de lui une interview sans qu'il s'en doute ? Oui, mais dans ce cas, elle était assurée de s'attirer son inimitié.

C'était un choix trop difficile à faire dans la minute. Tandis que les deux hommes se levaient fort civilement, elle se glissa à sa place sans avoir pris de décision.

3

Pendant son absence, Charles avait allumé une ciga-
rette. Il la contemplait à travers un nuage de fumée.

— Vous êtes bien pensive, Miss Smith.

Il fallait qu'elle le regarde en face. Il fallait qu'elle
prenne un parti.

— Est-ce votre prochaine nuit avec Jacob qui vous
préoccupe tant?

Les mots étaient tombés comme un couperet, décapi-
tant les illusions de Valerie. Ainsi, il avait décidé pour
elle. Elle lui en fut presque reconnaissante.

Pendant le dîner, elle s'appliqua à regarder Jacob un
peu plus qu'il n'était nécessaire, à s'incliner légèrement
vers lui chaque fois qu'elle lui adressait la parole. Elle
nota avec satisfaction l'air renfrogné de Rissom, à qui
ces menus signes n'avaient pas échappé. En même
temps, elle en éprouvait du regret.

Si ce changement d'attitude étonna Jacob, il n'en
montra rien. Rien n'indiqua non plus qu'il soupçonnât
le calcul. Heureux de l'attention qu'il suscitait, il
déploya un charme presque juvénile auquel Valerie ne
resta pas insensible. Charles Rissom s'en aperçut.

— Je ne vous attendais pas avant samedi, Charles, fit
soudain remarquer Jacob.

— Il se trouve que j'ai terminé mon travail à Chicago
plus tôt que je ne pensais. Je suis en récréation, ici!

— Traiter par millions de dollars est une récréation pour vous, monsieur Rissom ? interrogea Valerie.

— Un homme d'affaires n'échappe jamais totalement aux affaires, Miss Smith. Même ses passions finissent par le devenir.

— A l'origine, les chevaux arabes n'étaient donc qu'une passion pour vous ?

Il y eut un long silence assez gênant. Charles Rissom examinait son interlocutrice d'un œil suspicieux. Elle eut le sentiment qu'il avait percé à jour les motifs de sa présence en cet endroit. Enfin, il parla.

— Ce fut une simple passion, pendant un temps. Malheureusement, la tentation de la rentabilité est devenue trop forte : il y avait énormément d'argent à gagner. Il est difficile de n'attacher qu'une valeur sentimentale à un animal, quand il est estimé à plus d'un million de dollars. C'est pourquoi cette passion s'est rapidement transformée en investissements plus que rentables. Parfois, je le regrette.

C'était la première fois qu'il manifestait une émotion sincère. L'homme public qu'était Charles Rissom avait dû refouler profondément ce genre de sentiment. Valerie tenait là le sujet de son article.

— Je n'ai jamais entendu personne déplorer aussi sincèrement son propre succès, dit-elle.

Jacob rit et posa la main sur celle de Valerie. Elle dut résister à l'impulsion de l'enlever.

— Charles, expliqua-t-il, c'est le roi Midas moderne. Tout ce qu'il touche se change en or... Même ce qu'il aimerait garder jalousement pour lui-même, car c'est un homme extrêmement jaloux.

Valerie vit que Rissom était surpris par la perspicacité de Jacob. Encouragé par l'attention de la jeune femme, et par le vin qu'il avait bu, ce dernier poursuivit :

— Je ne parle pas de la banale jalousie qui s'exerce entre les sexes, bien entendu. Charles est au-dessus d'attachements de cette sorte, trop insignifiants à ses yeux. Mais envers ce qu'il possède, il est d'une exclusivité féroce. Par exemple, des chevaux qui valent des fortunes, qu'il tient enfermés à l'abri des regards, pour son seul plaisir.

— Ils sont à moi ! s'écria Charles d'une voix dangereusement basse, vibrante.

— L'ennui, c'est que lorsque ces animaux atteignent une certaine cote, l'homme d'affaires l'emporte sur le sentimental. Il me confie alors ses chevaux, totalement à contrecœur. Cette année, il est très perturbé parce que j'ai enlevé son étalon favori de sa cachette du Minnesota pour en faire un champion national. Il sera ici demain.

— Le Minnesota ? s'étonna Valerie.

— Cela paraît incroyable, non ? Choisir comme retraite un pays où les hivers sont aussi rudes me dépasse ! Mais pour Charles, c'est le paradis.

— Ceci est du domaine privé, dit Charles, la voix coupante.

Instantanément, Jacob se tut.

Valerie comprit qu'il s'agissait de l'un des secrets les mieux gardés du moment ; bien que cela l'intéressât prodigieusement, elle ne voulut pas le montrer et parla d'autre chose.

— Ce fameux étalon, Jacob, qu'a-t-il de si extraordinaire ?

— C'est un animal rare ; il sera probablement le fondateur d'une dynastie.

— Et M. Rissom le cachait ? Dans le… Minnesota, c'est cela ?

— Jacob soutenait que je soustrayais le cheval à son destin, intervint sèchement Charles.

— Etait-ce le cas ?

— Comment savoir ? Sheikh n'est pas un phénomène, à mes yeux, mais un ami, tout simplement.

— J'aimerais le connaître ! s'écria-t-elle impulsivement.

Inepte, se dit-elle. Elle avait parlé comme s'il s'agis-

28

sait d'une personne, et non d'un animal. Pourquoi ? Elle détestait ces créatures, une bonne fois pour toutes !

Un instant, le visage de Rissom s'éclaira. Il chercha le regard de Valerie, puis abandonna.

— Oh ! vous le verrez demain, je suis sûr que Jacob voudra le montrer à la presse. D'ailleurs, mon vieux, vous devrez vous lever très tôt pour préparer cette conférence. Si vous désirez vous retirer, je serai heureux d'accompagner Miss Smith jusqu'à sa chambre.

Jacob eut un regard malheureux. Il froissa sa serviette, la jeta sur la table.

— Vous avez raison. Demain sera la journée la plus dure des quatre. Pardonnez-moi, Valerie : je suis ici en priorité pour le travail, bien que, pour la première fois de ma vie, je trouve la compagnie d'une femme plus intéressante que celle d'un cheval.

Charles leva un sourcil étonné, et Valerie rit avec indulgence.

— Je comprends très bien. Bonne nuit, Jacob.

Elle serra sa main avec beaucoup de conviction. Il la contemplait d'un air navré, les yeux dans les yeux. Il s'éloigna, visiblement à regret. Elle le suivit délibérément des yeux jusqu'à ce qu'il eût franchi la porte. Puis elle affronta le regard ironique de Charles Rissom.

— Mes compliments, Miss Smith. J'ai vu Jacob en compagnie d'un nombre incalculable de femmes ; aucune ne lui a jamais produit cet effet. C'est la première fois qu'il est amoureux. Ce sera dur pour lui.

— Pourquoi dites-vous cela ?

— Parce qu'en dépit du mal que vous vous donnez pour m'en convaincre, je ne crois pas une seconde qu'une jeune femme comme vous ait la moindre intention de passer sa vie avec Jacob. Ce que je ne comprends pas, c'est l'intérêt que vous trouvez à traiter de la sorte ce pauvre garçon.

Son premier mouvement fut de se rebiffer ; elle se contraignit pourtant à jouer son rôle jusqu'au bout.

— Vous vous trompez sur les sentiments que je porte à Jacob ! D'ailleurs vous parlez de lui comme d'un enfant, alors que vous devez être sensiblement du même âge.

— Exactement. Nous avons l'un et l'autre trente ans.

— Trente ans ! C'est très jeune pour être aussi cynique...

— Je pourrais vous retourner le compliment.

Il éleva à peine la main, sans quitter la jeune femme des yeux. Aussitôt, le serveur apparut à ses côtés.

— Comme d'habitude, monsieur ?

— S'il vous plaît, Robert. Peut-être Miss Smith se joindra-t-elle à moi. Il s'agit d'une boisson digestive de ma composition, expliqua-t-il à Valerie. Robert la prépare à merveille. Voulez-vous essayer ?

Elle fit un signe affirmatif. Robert s'éloigna.

— Et maintenant, Miss Smith, je crois qu'il est temps que vous me disiez la vérité.

Elle sentit son cœur battre plus vite.

— Quelle vérité, monsieur Rissom ?

Il hésita durant ce qui parut à Valerie d'éternelles, de mortelles minutes.

— Comment se fait-il qu'une femme comme vous ne se soit pas mariée ? Car je suppose que vous ne l'êtes pas.

— On pourrait vous poser la même question au masculin, monsieur Rissom.

Il feignit la plus vive surprise.

— Chercheriez-vous à me flatter, Miss Smith ? Insinuez-vous que je suis un homme séduisant, digne d'intérêt matrimonial ?

Il se moquait d'elle ouvertement ; elle lutta contre l'envie de courir se réfugier dans sa chambre.

— Je n'en suis pas très bon juge ; vous avez probablement un certain charme, une vitalité propre à séduire certaines femmes.

— Le genre masochiste ?

Il éclata d'un rire sonore.

— Vous vous êtes contenue toute la soirée pour ne pas me livrer votre pensée, Miss Smith. Je suis heureux qu'elle vous ait finalement échappé. Je déteste les masques. La spontanéité vous sied mieux... Merci, Robert. Je vous en prie, Valerie.

Qu'il l'appelle brusquement par son prénom la fit sursauter. Cet homme qui se délectait de ce qu'elle avait voulu être une insulte la déconcertait totalement.

Elle examina le contenu crémeux de son verre.

— Qu'est-ce que c'est ?

— Un mélange assez mystérieux, comme vous.

Il avait parfois un sourire irrésistible. Elle ne put se retenir de lui sourire en retour. Ils trinquèrent.

Plus tard, elle ne parvint pas à se souvenir à quel moment elle avait commencé à l'appeler par son prénom. Sa prétendue intimidé avec Jacob, son rôle de journaliste, elle avait tout oublié ; si elle le pressa de questions, ce fut par intérêt véritable pour la personnalité de cet homme, et non par curiosité professionnelle.

Il répondit de bonne grâce, et ce qui avait débuté par un affrontement se poursuivit en une conversation chaleureuse et complice. Il s'était débarrassé de son masque d'ironie. Le monde s'était rétréci aux dimensions de la bulle qui les portait, attentifs sculement au plaisir qu'ils retiraient de leur échange.

Ils passèrent ainsi deux heures de temps. Quand ils se levèrent pour quitter la salle à manger, Valerie se rappela. Elle eut une telle expression de tristesse enfantine que Charles lui prit la main et la porta à sa joue.

— J'avais oublié, murmura-t-elle, complètement oublié.

Il la prit aux épaules et la tourna vers lui. Le contact de ses mains la fit frissonner.

— Oublié quoi ?

— Pourquoi j'étais ici, murmura-t-elle.

Sur ses épaules, les mains de Charles se crispèrent jusqu'à lui faire mal.

— Jacob, évidemment…, lâcha-t-il, la voix rauque.

Elle recula, surprise par la vivacité du geste. Il lui saisit le bras.

— Dans quelle chambre êtes-vous ?

— Quatre-vingt… dix-sept, mais ne vous croyez pas obligé de…

— J'ai dit à Jacob que je vous y conduirais, et je le ferai. Par quel mystère votre chambre est-elle aussi éloignée de la sienne ? Tout ce trajet au milieu de la nuit, ce n'est guère commode ! Ou est-ce pour sauver les apparences, malgré tout ?

Elle essaya de se dégager ; rien à faire, il la maintenant d'une poigne d'acier.

— Il est un peu tard pour jouer les offensées, ne croyez-vous pas, Miss Smith ? Vous êtes la maîtresse de Jacob, et vous avez tenu à ce que cela se sache. Tant pis si nous avons paru l'oublier un moment.

Sans lâcher son bras, il l'entraîna au pas de course ; ils traversèrent le hall, empruntèrent les couloirs et ne s'arrêtèrent que devant la chambre de Valerie.

— Donnez-moi votre clef, ordonna-t-il.

Elle serra son sac contre elle. Elle était pâle, les traits tirés.

— Je n'ouvrirai ma porte que lorsque vous serez parti.

Il lui arracha le sac des mains, trouva la clef, ouvrit la porte. Il la poussa à l'intérieur, jeta le sac sur le lit.

— Voilà, fulmina-t-il. Bonne nuit, Miss Smith.

Etait-ce la rage d'être traitée de cette façon, ou le chagrin d'avoir perdu le compagnon délicieux des heures précédentes ? Valerie ressentit une soudaine et irrésistible envie de pleurer. Elle réussit à se contenir à grand-peine, mais une seule larme brilla au bord de ses paupières et glissa sur sa joue.

Charles hésita, visiblement ému. Il revint vers elle, effaça délicatement du pouce la trace de cette larme unique. La tendresse de son geste eut raison de Valerie, qui ne maîtrisa plus du tout son émotion : debout, toute droite, yeux clos, elle laissa ses larmes ruisseler. Elle sentit qu'il se dirigeait vers la porte, dont elle entendit le déclic. Alors, elle sanglota sans retenue.

Deux mains se posèrent sur ses épaules secouées de sanglots. Ouvrant les yeux, elle rencontra le regard de Charles. Un regard bouleversé. Avec une lenteur infinie, il inclina vers elle son visage ; elle percevait son souffle, de plus en plus rapide. Il approcha du sien le corps de la jeune femme. Elle ressentit une étrange chaleur la traverser tout entière ; elle frémit, comme ses lèvres étaient proches des siennes à les toucher. Elle recevait son souffle tiède, elle n'était plus qu'attente. Enfin, il prit sa bouche, ardemment. Il continua son baiser le long du cou de la jeune femme, au creux de sa gorge et jusqu'à la naissance des seins. Sous la caresse, elle gémit de plaisir. Il se pencha brusquement, l'enleva sans effort dans ses bras et la porta sur le lit. Il commença à déboutonner sa blouse... Elle aurait cherché en vain sa traditionnelle réserve envers les hommes ! Il écarta le tissu fragile, découvrit ses seins qui se soulevaient au rythme rapide de la respiration.

Soudain il se redressa, le regard tourmenté. Sa main descendit le long de l'épaule de Valerie, effleura son sein. Il exhala un soupir tremblé, renversa la tête en arrière, et retira sa main.

Elle pouvait suivre sur son visage les affres de la violente lutte intérieure qui se jouait en lui ; elle voyait à la base de son cou la pulsation accélérée de son artère ; elle n'avait plus d'autre pensée que le désir de lui, elle en tremblait. Quelles qu'en soient les conséquences, une seule nuit passée dans les bras de cet homme-là la comblerait pour toutes les autres nuits.

Il avait les yeux presque fermés, le visage crispé. Elle

vécut de mortelles minutes à se demander si la force de sa volonté allait l'emporter sur son désir.

Il abandonna enfin l'effroyable tension à laquelle il s'était soumis ; ses mains se détendirent, il ouvrit les yeux. Il l'examina d'un œil impassible. Un sourire sardonique entrouvrit ses lèvres.

— Alors, on peut s'approprier aussi facilement le bien de Jacob ?

Soudain, elle eut honte d'être étendue à demi-nue, offerte à son regard impitoyablement caustique.

Ce regard de mépris s'attarda encore un instant sur son corps. Charles Rissom se détourna et quitta la chambre en fermant soigneusement la porte derrière lui.

Elle demeura longtemps immobile, livrée à un sentiment d'humiliation tel qu'elle n'en avait jamais connu.

4

Il ne voulait pas d'elle. C'était aussi simple que cela. Ce fut sa première pensée quand elle s'éveilla le lendemain matin. A cet homme, elle avait offert ce qu'elle destinait depuis toujours à l'élu de son cœur, et il l'avait rejetée. Le coup de foudre, l'amour toujours ? Puérilités que tout cela. Elle s'était laissé abuser, voilà tout. Il s'était servi d'elle comme d'un pion, dans le jeu cruel pour la suprématie qu'il avait engagé avec Jacob. Elle frémit au souvenir de ses paroles méprisantes : « On peut s'approprier aussi facilement le bien de Jacob ? » Jacob lui avait pris son cheval ; il lui avait pris sa petite amie. Match nul.

Elle haïssait ce rôle qu'on lui avait imposé ; elle haïssait les hommes qui se livraient à de tels jeux ; elle haïssait Charles Rissom pour avoir brisé ses rêves.

Elle souffrait, mais elle surmonterait sa souffrance. Oncle John disait toujours qu'elle était de la race des survivants : elle survivrait. Elle puiserait ses forces dans son amour-propre blessé. Il s'était servi d'elle, elle se servirait de lui. Ce n'était que justice. Elle lui prendrait ce à quoi il tenait au moins autant qu'elle à ses rêves de jeune fille : le secret de sa vie privée.

Elle tira résolument ses cheveux en arrière, et les attacha. Puis elle passa une légère robe blanche, romantique à souhait. L'idée de se présenter aux yeux de

Rissom vêtue d'une façon aussi virginale satisfaisait son sens de l'humour.

Elle prit la petite voiture de location que l'agence avait mise à sa disposition. Il faisait chaud. Dans le Kentucky, en juin, la chaleur est déjà suffocante à huit heures du matin.

Elle passa devant plusieurs élevages de chevaux, admira les pâturages parfaitement entretenus qui s'étendaient à perte de vue derrière leurs barrières d'un blanc éclatant. Engager de telles dépenses pour des chevaux lui semblait un gâchis inexcusable. Se souvenant que c'était l'un des investissements favoris de Rissom, elle se promit d'exploiter cette idée à fond. Puis elle se dit que l'amertume nuirait à la crédibilité de son article. Elle s'efforcerait d'en préserver au maximum l'objectivité. L'existence de ce texte constituerait à elle seule une vengeance suffisante.

Elle roula jusqu'à l'entrée du Parc Hippique. Au milieu d'un terrain planté d'arbres superbes se trouvait un très beau bâtiment moderne tout en longueur. Tant de splendeur et d'évidente richesse l'indignaient ; pour écrire son article, il faudrait pourtant qu'elle essaie de comprendre jusqu'où pouvait mener la passion des chevaux.

Elle gara sa voiture et retrouva la chaleur lourde et moite de l'extérieur.

Le grand bâtiment était un Centre d'informations, où elle rassembla une documentation aussi complète que possible sur le Grand Prix d'Egypte et tout ce qui s'y rattachait. Elle entassa tous les documents dans sa sacoche ; elle les étudierait ce soir dans sa chambre.

Elle quitta la fraîcheur agréable que dispensait l'air conditionné à l'intérieur du Centre et entreprit l'ascension de la colline au sommet de laquelle se dressait une construction blanche que les brochures désignaient comme étant le « Pavillon des étalons ». L'imprimé spécifiait qu'y étaient rassemblés cinquante et un des plus prestigieux représentants de la race chevaline; logiquement, les chevaux de Rissom devaient s'y trouver.

Le parc était presque désert à cette heure matinale. Parmi les arbres, on avait dressé plusieurs stands d'exposition d'un intérêt assez médiocre, en particulier les stands égyptiens où étaient réunis des objets d'art, des bijoux, des costumes folkloriques éclatants de couleurs. En arrivant devant le pavillon, elle regretta de n'avoir pas revêtu un jean, ou une tenue plus adaptée à la fréquentation d'une écurie.

Puis, immédiatement, elle bénit l'instinct qui l'avait poussée à se vêtir avec une certaine recherche. Il fallait un hennissement ou un roulement sourd de sabots pour se rappeler qu'il s'agissait bien d'une écurie. L'endroit était très propre, très gai, décoré comme pour une représentation de gala. Une large allée centrale était entièrement recouverte d'un superbe tapis bleu. Des cordes épaisses passées dans des anneaux de cuivre brillants délimitaient deux allées latérales, plus étroites, couvertes de sciure fraîche. Les stalles étaient tendues de tissu dont les couleurs se conjuguaient les unes aux autres. Malgré elle, Valerie admira la volonté d'harmonie qui avait présidé à la décoration de l'ensemble.

A l'autre extrémité du local se pressait un groupe de gens. Jacob avait annoncé que la conférence de presse se tiendrait devant les stalles de Rissom ; ce devait être là. Elle avança dans cette direction en hésitant. Avec sa lumineuse robe blanche sur le tapis bleu, il lui était difficile de passer inaperçue. Sa réaction de timidité l'irrita au plus haut point. Etre le centre de l'attention ne l'avait jamais gênée, mais cette fois, c'était différent : on l'identifierait comme étant la maîtresse de Jacob, et cela lui déplaisait infiniment.

Les journalistes étaient attentifs aux explications que donnait Jacob. Malheureusement, quand elle approcha, toutes les têtes se tournèrent vers elle. C'est alors qu'elle *le* vit. Il était appuyé contre une stalle, un peu à l'écart. Les bras croisés, il la regardait approcher, avec le sourire entendu de celui qui se souvient.

Elle comprit qu'il allait venir à sa rencontre ; elle résista à l'impulsion ridicule de prendre la fuite. Elle resta pourtant, stoïque. Avait-elle déjà enduré pire épreuve que la confrontation avec un individu qui n'avait absolument aucun respect pour elle ?

Il avançait vers elle avec l'assurance que donne immanquablement le pouvoir, et la certitude de savoir l'exercer. Il portait une chemise ouverte sur sa large poitrine. Ses yeux sombres luisaient dangereusement.

— Bonjour, Miss Smith. Vous êtes plus ravissante encore qu'hier soir, si c'est possible.

Sa voix profonde aux accents mélodieux avait un curieux effet sur elle. Un moment, elle éprouva l'envie presque irrépressible de se couler dans ses bras et de tout lui avouer, quelles qu'en puissent être les conséquences. Cet élan la stupéfia ; oubliait-elle l'humiliation qu'il lui avait infligée, son arrogance, son mépris ? Foulerait-elle aux pieds sa plus élémentaire fierté, parce que le son de cette voix l'émouvait ? Elle s'effrayait de constater quel pouvoir il avait sur elle.

— Vous êtes beaucoup trop désirable quand vous gardez le silence, Miss Smith. Dites quelque chose, vite, ou je serai tenté de vous arracher cette robe et de vous prendre ici, tout de suite, sous les yeux de votre amant.

Elle en resta confondue.

— Vous ne m'en croyez pas capable ? Voulez-vous une petite démonstration ?

Comme un ressort, le bras de Valerie se détendit pour le gifler ; il fut néanmoins plus rapide encore et lui saisit le poignet au vol.

— Allons, allons, rentrez vos griffes. Jacob a la vedette pour l'instant, ne lui gâchez pas son plaisir, il aime tellement cela ! Ce n'est pas le moment ni le lieu de vous montrer sous votre vrai jour.

Il tenait son poignet enfermé dans un étau.

— Lâchez-moi ! siffla-t-elle, furieuse.

Il se contenta de sourire et l'entraîna vers le groupe qui entourait Jacob. Pour ne pas attirer l'attention, elle se garda de résister. Pourtant, elle avait envie de pleurer comme une petite fille.

— Faites attention maintenant, et jouez le jeu, sinon...

— Sinon quoi ?

Les doigts entraient cruellement dans sa chair.

— Sinon j'exécuterai ma menace.

Elle vit la détermination de sa mâchoire, le mépris implacable de son regard, et comprit qu'il ne parlait pas à la légère. Il n'hésiterait pas, en effet. Elle essaya de reporter toute son attention sur Jacob.

Le sang battait à ses oreilles, la douleur irradiait dans son bras ; elle sourit pourtant au jeune homme qui venait de l'apercevoir. Il continua à parler avec un regain d'animation, scandant les mots de façon persuasive. Il nota la présence de Charles, et ses yeux s'assombrirent un instant ; puis ils revinrent à Valerie, touchés d'une lueur qui ressemblait à de l'adoration. Emue, elle lui sourit encore.

— Vous prenez plaisir à le tourmenter, n'est-ce pas ? lui chuchota Rissom à l'oreille.

Elle tressaillit mais ne lui accorda pas un regard. D'ailleurs, elle trouvait Jacob très séduisant. Sa timidité lui déplaisait, c'était vrai : elle lui rappelait ses relations passées avec des hommes qu'elle subjuguait toujours. Elle se demandait alors si elle en rencontrerait un jour un dont la volonté serait plus forte que la sienne... A présent qu'elle était captive d'un tel homme, la gentillesse maladroite de Jacob lui apparaissait un refuge, un réconfort.

Elle s'était peut-être trompée depuis le début. Peut-être était-ce folie de rechercher des relations avec quelqu'un qui l'intimiderait. Avec Rissom en tout cas, cela se révélait un désastre. Elle n'avait plus qu'une idée : que Jacob termine rapidement sa conférence et qu'il vienne la tirer de ce mauvais pas.

Jacob disparut dans une stalle, en reparut bientôt ; il menait par la bride une créature qui parut terrifiante à Valerie. Elle trembla et recula d'un pas. Rissom lui jeta un regard aigu.

L'étalon avait une robe dorée, très brillante. La finesse extrême de sa tête était accentuée par d'immenses yeux noirs, qu'il roulait pour l'instant de façon menaçante. Ses narines palpitantes émettaient un souffle furieux. Son cou était long, musclé, son corps agité du frémissement de tous ses muscles, et il piaffait nerveusement sur place. Il fallait à Jacob toute la force de ses bras pour le retenir.

Du groupe des journalistes monta une rumeur d'admiration. Valerie comprenait mal leur attitude. Quant à elle, elle trouvait ce cheval terrifiant, et c'était sa seule impression.

Jacob flatta l'encolure de l'animal pour le calmer. Les appareils photo cliquetèrent furieusement autour de lui.

— On dirait qu'il va exploser, chuchota Valerie, toute pâle.

Charles Rissom sembla s'amuser beaucoup de sa frayeur. Jacob reconduisit l'animal dans sa stalle.

— Une dernière question, monsieur Lancer, intervint une jolie jeune femme qui le couvait des yeux. Avons-nous une chance de voir Charles Rissom lors de ce Grand Prix d'Egypte ?

Jacob lui dédia un sourire non moins charmeur.

— Vous le verrez... peut-être.

Valerie se tourna vivement vers Rissom.

— Non, répondit-il à son interrogation muette. Personne ici ne sait qui je suis. Quand il ne peut éviter de me présenter, Jacob m'affuble du nom de Charles Smith. C'est pourquoi votre patronyme supposé ne m'a pas convaincu.

— Ce n'est pas parce qu'il est courant qu'il est faux ! Tout le monde n'a pas une double identité !

— Pas tout le monde, c'est vrai. Seulement ceux qui n'ont pas d'autre moyen de protéger leur vie privée, et ceux qui veulent tromper les autres.

— Il y aurait tromperie dans les deux cas.

— Je n'ai pas cherché à vous tromper. Hier soir, si mon nom n'a rien évoqué pour vous tout d'abord, vous avez établi le rapprochement par la suite. Vous saviez qui était Charles Rissom.

— Pourquoi ne vous êtes-vous pas présenté sous votre nom d'emprunt ?

Il eut un sourire triste.

— Je me le suis demandé par la suite. Disons que je me suis trompé sur votre compte. J'ai cru voir une honnêteté foncière dans ce regard éblouissant qui est le vôtre. C'est risible, n'est-ce pas, quand on sait pourquoi vous êtes venue ici ?

C'était cinglant. Elle essaya une fois encore de dégager son bras, en vain. Jacob arrivait en courant, au comble de l'excitation. Il la lâcha alors.

— Valerie ! Charles ! Alors, qu'en pensez-vous ? N'était-il pas magnifique ?

— Vous l'avez pris en main d'une façon merveilleuse, mon vieux, affirma Charles. Il n'a jamais été en meilleure forme.

Jacob rougit de plaisir. Les compliments de Charles étaient fort rares.

— Pourquoi ne venez-vous pas jusqu'à sa stalle, Charles ? Vous ne l'avez pas vu depuis presque un an.

— Je viens de le voir.

— Vous savez très bien ce que je veux dire.

Il y eut un long silence embarrassant.

— Je sais ce que vous voulez dire, en effet. Une autre fois, Jacob. J'allais justement prendre congé de Miss Smith. J'ai un rendez-vous dans quelques minutes. A tout à l'heure.

Il fixa un instant Valerie, puis s'en alla.

Elle ne se rendait pas compte qu'elle le suivait des yeux. Jacob lui prit doucement le menton, tournant sa tête vers lui.

— Je n'arrive pas à trancher : êtes-vous tombée amoureuse de lui, ou bien projetez-vous de le tuer ?

Elle serra affectueusement sa main entre les siennes.

— Vous êtes un homme sensible et intuitif, Jacob. Ne laissez jamais personne vous dire le contraire.

Il rit, un peu amèrement.

— Intuitif ? Un enfant lirait sur votre visage ce qui vous agite. Et puis, en vous quittant hier soir, je savais que Charles ne vous laisserait pas insensible. Il aime tester son charme sur les femmes — surtout les femmes que je fréquente.

Elle soupira, laissa aller sa tête contre son épaule. Il l'enveloppa de ses bras, comme pour la protéger.

— Qu'en est-il, Valerie ? L'amour, ou la haine ?

— Ce serait une bêtise dans les deux cas, non ?

— Probablement.

— Alors, j'opterai pour la haine. Cela me paraît plus sûr.

— Venez, chuchota-t-il dans ses cheveux. Je vous offre un café.

Ils sortirent du bâtiment. Jacob avait passé son bras autour des épaules de Valerie. Il penchait la tête vers elle, et leurs cheveux se touchaient.

Depuis le renfoncement d'une porte latérale, quelqu'un les observait. Charles Rissom avait le regard noir, l'expression ténébreuse.

5

Jacob tournait machinalement sa cuiller dans son café. Il la posa bruyamment dans sa soucoupe. Valerie sursauta, leva les yeux vers lui.

— Vous n'avez pas prononcé un mot depuis que nous avons quitté le pavillon, dit-il d'un ton de reproche.

Elle posa sa main sur la sienne. Trop absorbée dans ses pensées, elle ne vit pas que les yeux de Jacob se mettaient à briller.

— Il ne sait pas qui vous êtes, lança-t-il brusquement. Sinon, il ne se serait jamais présenté sous son vrai nom.

— Vous avez peur que je veuille écrire sur lui, n'est-ce pas, Jacob ?

— Vous y avez sûrement pensé.

— Et si c'était le cas ?

— J'essaierais de toutes mes forces de vous en dissuader.

— Pourquoi ? Parce que vous travaillez pour lui ?

Il secoua la tête sans répondre.

— Vous voulez protéger un homme qui cherche à s'approprier vos petites amies ?

Il haussa les épaules en soupirant.

— Avez-vous de l'affection pour lui, Jacob ?

— C'est une question très épineuse. A mon sens, Charles Rissom n'est pas le genre d'homme pour qui on éprouve de l'affection. Du respect, oui, de la crainte même — mais de l'affection ? C'est un homme très secret. Froid. Distant. Difficile de l'aimer dans ces conditions.

— Surtout pas un homme tel que vous !

— C'est-à-dire ?

— Que vous aimez tous ceux qui le veulent bien.

Il eut un large sourire. Il n'était jamais aussi charmant que lorsqu'il souriait ainsi, avec cette candeur gourmande.

— Je plaide coupable. J'aime tout le monde, c'est vrai, même les gens les plus antipathiques, parce qu'ils m'amusent. En fait, tout le monde m'amuse, à des degrés divers. Je n'ai rencontré jusqu'ici que deux personnes qui ne m'amusent pas du tout.

Ses yeux étaient redevenus graves.

— Charles Rissom ?

— Et vous.

Valerie revint au motel pour déjeuner. Puis elle se changea car sous la chaleur torride de midi, même sa robe d'été n'était plus adaptée. Elle enfila un short large et tee-shirt sans manches.

Après le déjeuner, elle se plongea dans les brochures qu'elle avait rapportées du Centre de documentation. Elles étaient toutes écrites dans un style enthousiaste qui la déconcertait. Elle les étudia néanmoins très consciencieusement, en s'efforçant de s'intéresser aux diverses lignées du pur-sang arabe. Finalement, elle referma le tout avec un geste d'impuissance : elle n'était guère plus avancée qu'au départ. Elle reprit la direction du parc.

Le Pavillon des Etalons était le siège d'une activité intense. Les chevaux étaient lavés, pansés et livrés à toutes sortes de soins en vue d'un spectacle que le programme annonçait comme la Parade des Etalons.

Jacob dirigeait le travail d'une équipe de jeunes palefreniers. Sa chemise largement ouverte sur sa poitrine, ses manches roulées au-dessus du coude révélaient sa musculature puissante. Ses cheveux clairs brillaient dans la demi-pénombre du local. Quand il aperçut Valerie, le sourire éblouissant qu'il lui dédia aurait bouleversé le cœur de n'importe quelle jeune fille.

Il vint à elle, les mains tendues.

— Vous rappelez-vous m'avoir demandé si j'entraînais des chevaux pour le cirque ? Certains jours comme aujourd'hui, c'est exactement ce que je fais !

Il la tira vivement en arrière car un cheval caracolait tout près. A la vue des narines frémissantes, des yeux exorbités de l'animal, elle se jeta contre Jacob et enfouit son visage dans son épaule. Quand le cheval fut loin derrière, elle reprit son sang-froid.

— Excusez-moi, Jacob. Cet endroit ne me vaut rien. Je n'arrive pas à surmonter ma panique !

Jacob l'enveloppa d'un bras protecteur et la conduisit vers une porte latérale.

— J'ai besoin de prendre l'air, moi aussi. La première parade est toujours très éprouvante — comme une première à Broadway. Tout le monde est énervé, et les chevaux le sentent. Demain, ce sera plus facile.

— Demain ? Vous voulez dire que cela se reproduit chaque jour ?

— Eh ! oui. Tous les jours, à quatorze heures. On conduit tous les étalons sur la piste principale et on les laisse courir. Les spectateurs ont alors tout le temps de les comparer, de choisir éventuellement celui qui couvrira leur jument, au printemps. C'est un marché unique dans la profession.

Stupéfaite, Valerie se remémorait les scènes étranges auxquelles elle venait d'assister : un palefrenier accroupi à deux centimètres de sabots fringants, qu'il teignait avec ce qui semblait être du cirage ; une jeune femme frictionnant de lait de toilette le museau d'un cheval blanc ; la stupeur hypnotique d'un étalon placide dont le maître passait un rasoir électrique à l'intérieur des oreilles.

— C'est se donner beaucoup de peine pour peu de chose, non? murmura-t-elle.

— Oh! cela en vaut largement la peine. L'année dernière, nous avons enregistré vingt-sept demandes de saillie de l'un des étalons de Charles. Cette année, avec Sheikh en compétition, nous espérons mieux encore.

— Et cela rapporte beaucoup?

— Jugez-en: une saille de Sheikh vaut sept mille cinq cents dollars. S'il couvre trente juments...

— Jacob! C'est presque le quart d'un million de dollars!

— C'est exact, ma chère. Et ceci ne vaut que pour trente juments! Cette année, nous espérons doubler la demande.

Elle fouilla son sac, en sortit un petit carnet et y nota fébrilement quelques lignes. Jacob sourit avec indulgence.

— Alors, cela intéresse la journaliste? Comprenez-vous, à présent? Il ne s'agit pas d'une exhibition banale; il s'agit d'une véritable industrie, et il y a des millions en jeu!

— C'est grotesque, maugréa-t-elle. Tout cet argent pour des chevaux!

— Ce n'est que le sommet de l'iceberg. Ouvrez grand vos yeux et tenez votre stylo prêt. Vous apprendrez beaucoup aujourd'hui.

Il exhala un soupir déchirant.

— Il faut que je retourne travailler. Prendrons-nous un verre ensemble ce soir, avant de dîner?

Elle sourit malicieusement.

— C'est nécessaire, je pense. Ne serait-ce que pour sauvegarder les apparences...

Il la remercia de son éclatant sourire. Puis, de nouveau grave:

— Peut-être aviez-vous raison à propos de notre

46

petite comédie. Je crains que vous ne vous exposiez à des réflexions désagréables.

— Oh! j'en ai déjà eu.

— Charles?

— Oui. Je ne crois pas qu'on puisse être plus méprisant. Si j'ai supporté ce désagrément, j'en supporterai d'autres facilement.

Jacob fixait pensivement l'horizon.

— Je sais comme il peut être cruel. Un jour, il ira trop loin.

Il y avait beaucoup de tristesse et une sourde menace dans sa voix. Très doucement, Valerie posa la main sur son bras.

— Valerie? chuchota-t-il.

Elle ne connaîtrait pas la suite : les haut-parleurs s'étaient mis à fonctionner. Ils étaient branchés sur la piste principale. Jacob tendit l'oreille.

— Il faut que j'y aille. Je suis désolé, Valerie.

Elle lui donna une bourrade amicale.

— Allez, Jacob, bon courage! A ce soir dix-huit heures trente, au restaurant.

Il courut jusqu'à l'entrée du bâtiment où il s'engouffra. Elle le suivit des yeux. Il était comme un enfant, et elle se sentait pour lui des trésors d'indulgence et de tendresse.

Valerie suivit la foule jusqu'à l'entrée de la piste. Dans la chaleur et la poussière, elle regarda furtivement le spectacle des chevaux pour lesquels elle était ici. Elle avait été bousculée tant de fois qu'elle ne prêta guère attention à la légère pression d'une main sur son dos. Mais un doigt courut le long de son épine dorsale jusque dans ses cheveux, et elle se retourna d'un bloc, prêt à protester violemment. Devant elle se tenait Charles Rissom, l'œil moqueur.

— Vous êtes délicieusement au frais, dites-moi! railla-t-il en désignant ses longues jambes nues.

— Eh bien, ce n'est qu'une impression! s'irrita-t-elle.

En fait, j'ai chaud, je suis fatiguée et je trouve que rester sous un soleil d'enfer à regarder ces animaux tourner l'un après l'autre sur une piste poussiéreuse, c'est complètement idiot !

— Et vous endurez tout cela rien que pour Jacob ! Comme c'est touchant !

Elle commença à jouer des coudes dans la foule pour gagner la sortie et lui échapper. Peine perdue. Il la rattrapa, lui saisit le bras.

Il l'obligea à lui faire face. Sous ce regard tellement intense, elle se sentit prise de malaise. Dans un effort pour se dominer, elle le regarda droit dans les yeux. Il contemplait sa bouche, d'une manière possessive, sensuelle, qui était insoutenable. Elle eut envie de le gifler, tout en se disant que la réaction serait peut-être démesurée par rapport à l'offense. Pourtant, ce regard posé sur sa bouche était un véritable viol.

— Cessez immédiatement ! s'emporta-t-elle.

Il eut l'air réjoui.

— Charles ! appela une voix tonitruante.

Un personnage gigantesque se mit à frapper vigoureusement l'épaule de Charles en lui broyant les doigts.

— Quel plaisir de vous voir ici, mon vieux ! Malheureusement, je ne concours pas cette année.

L'homme qui s'exprimait aussi jovialement avait le visage plissé de mille rides bienveillantes. Il portait un Stetson à larges bords aussi spectaculaire que lui-même.

— Et qui est cette charmante petite personne ? hurla-t-il avec un clin d'œil.

Charles, qui se remettait lentement de la poignée de main du géant, répondit sans plaisir.

— Valerie Smith, je vous présente Harold Perton.

Valerie éprouva à son tour la poignée de main du cordial personnage qui semblait positivement enchanté de la rencontrer, trop peut-être.

— Perton ? Du groupe industriel *Perton* ?

Le rire puissant d'Harold Perton domina le vacarme ambiant.

— C'est exact, jolie dame. *Perton*, c'est moi. Pétrole, plastiques, machines-outils, sans oublier les chevaux, naturellement.

De contentement, son visage s'épanouit encore. Il n'était pas peu fier de sa réussite. Valerie le trouva sympathique :

— Monsieur Perton, je suis heureuse de connaître l'homme qui est derrière cet empire.

Elle regretta immédiatement son amabilité, car un bras énorme s'abattit lourdement sur ses épaules, la serrant à l'étouffer.

— Et moi, je suis heureux de rencontrer la femme qui se cache dans la vie de Charles !

La jeune femme jeta un coup d'œil inquiet à Charles. Mais elle comprit soudain que la confusion provenait de son nom de famille supposé.

Charles resta imperturbable.

— Non, Harold. Valerie et moi ne partageons qu'occasionnellement le même nom de famille. En réalité, Miss Smith est l'amie de Jacob. Je me borne à lui tenir compagnie pendant la démonstration.

L'enthousiasme de Perton tomba. Il fit un pas en arrière, et la considéra attentivement.

— Ah ! L'amie de Jacob !

Comme si cela le dispensait de tout commentaire, il posa un bras affectueux sur l'épaule de Charles et l'entraîna un peu plus loin.

— Vous concourez cette année, Charles ? Vous allez gagner un autre million avec votre vedette ?

Charles sourit poliment.

— Nous verrons, Harold, nous verrons.

— Au revoir, Charles, on se retrouvera à la vente !

Harold salua négligemment en touchant son chapeau et s'éloigna à grands pas.

Valerie se tenait toute raide, les pommettes rouges.

Pourquoi Perton l'avait-il ignorée quand il avait appris qu'elle était l'amie de Jacob ? L'affront était cuisant.

— Valerie, commença Charles, je me demande si vous avez mesuré ce qu'implique le fait d'être cataloguée comme « l'amie de Jacob ».

Elle ferma les yeux, infiniment lasse. Lasse du jugement des autres, et surtout de cet homme-là. Comme elle regrettait New York ! Là, elle se sentait bien, au milieu du cercle de ses amis, de ses relations. Tout le monde respectait le nom de Valerie Kipper. Valerie Smith, elle, ne supportait plus les conséquences de sa supercherie.

Elle avait l'air si vulnérable que Charles en parut touché ; il l'emmena à l'endroit où des chaises avaient été disposées à l'ombre d'un dais. Tranquillement, il détacha la tresse de velours qui interdisait l'entrée de la tente, et la jeta à terre, dans la poussière.

La violence de son geste étonna Valerie. Elle le considéra, une question au fond des yeux.

— Je hais toute forme de discrimination, affirma-t-il. Et je hais plus encore la stupidité.

— Je ne comprends pas.

— On installe une tente à l'usage des propriétaires, pour qu'ils puissent regarder plus confortablement les chevaux qu'ils présentent. Mais la moitié des sièges sont inoccupés, alors que nos clients s'étiolent sous le soleil torride. Nous devrions avoir pour eux un minimum d'égards.

— Je suis sûre que votre opinion serait écoutée. Avez-vous tenté d'intervenir ?

— J'ai appris à vivre en dépit de ce qui me contrarie ; cela m'évite d'avoir à me commettre avec les gens.

Il avança entre les chaises, répondant par de brefs signes de têtes aux salutations enthousiastes qui lui étaient prodiguées.

— En tout cas, vous semblez recevoir le meilleur

accueil de la part de ces personnes que vous méprisez tant.

— L'argent suscite bien des dévouements. Et la plupart ont quelque chose à vendre. Ils se figurent que j'achète des chevaux pour le compte de Charles Rissom, alors ils sont prêts à toutes les flatteries. Ils m'ont même octroyé le siège d'honneur lors de la vente qui aura lieu samedi. Tout le monde se bouscule pour me complimenter. L'argent accomplit des prodiges.

Que d'amertume, et quelle misanthropie ! Elle en était confondue.

— Je crois que vous exagérez. Ils ne peuvent être aussi noirs que vous le dites.

— C'est possible. Il est vrai que j'ai tendance à systématiser. Avoir été trompé par quelqu'un vous fait oublier qu'il existe des personnes honnêtes.

Ces paroles mirent Valerie très mal à l'aise. Heureusement, il se mit à rire.

— Vous savez, quelques-uns parmi des propriétaires ont eu le courage de me dire franchement ce qu'ils pensaient de moi. Ceux-là, je les estime, et je traiterais volontiers avec eux. En général, ce sont des gens sans grands moyens financiers, qui se trouvent mêlés à ce monde par passion des chevaux. Ils sont respectables.

Valerie ressentit un élan de sympathie pour cet homme seul ; elle s'interrogea sur ce qui avait pu le rendre aussi désenchanté.

Ils croisaient des visages très connus de personnalités célèbres ; grâce au ciel, Valerie n'en avait interviewé aucune.

— C'est plein de célébrités, ici, chuchota-t-elle comme ils s'asseyaient.

Il jeta un coup d'œil ennuyé autour de lui.

— Oui, je suppose que c'est là ce qu'on appelle une assemblée choisie.

Puis, comme frappé d'illumination, il ajouta :

— Serait-ce pour *cela* que vous fréquentez Jacob ? Pour ses relations ?

Une telle accusation la laissa sans voix. Il dut prendre son silence pour un acquiescement, car il eut une moue de suprême dédain.

Valerie fut saisie de fou-rire : penser qu'elle, valerie Kipper, célèbre dans le métier, était soupçonnée de pourchasser les célébrités ! Elle fut tentée de lui lancer à la tête le nom de quelques-uns des hommes d'Etat et vedettes en tous genres qu'elle avait rencontrés ces dernières années.

A ce moment, les micros annoncèrent la prestation du premier cheval ; tous les yeux se braquèrent sur la piste. Charles était très attentif. Il se pencha en avant lorsqu'un grand étalon blanc rejoignit les autres.

— C'est Abdahmen, confia-t-il à sa voisine, le seul vrai rival de Sheikh cette année.

— Pensez-vous l'acheter ?

— Il n'est pas à vendre, et ne le sera jamais. Son propriétaire a peiné durant des années pour produire un specimen de cette qualité.

— Alors, comment éliminerez-vous la concurrence ?

— L'éliminer ? Pourquoi donc ? Au contraire, nous l'utilisons pour notre plus grand profit. Cette année, j'ai quinze juments saillies par Abdahmen ; de l'écurie de son propriétaire, cinq ont été saillies par Sheikh. Cela produira peut-être deux lignées exemplaires, qui sait ? Nous sommes anxieux tous les deux de connaître le résultat de ces croisements.

— Ce métier est décidément incompréhensible ! Vous vous livrez à une concurrence acharnée, tout en utilisant les chevaux de vos adversaires !

— Oui, cela rend la compétition encore plus

excitante. Rien n'est aussi satisfaisant que d'être opposé à un concurrent de force égale.

Il la fixait d'un air lourd de sous-entendus. Elle détourna les yeux, gênée.

— Le propriétaire d'Abdahmen est-il l'un de vos amis ?

Charles se renfrogna, hésita.

— Pas à proprement parler. Une relation de travail, disons.

— Ce sont les seules que vous puissiez établir, non ?

— Les seules valables. Ceux qui pensent autrement sont des imbéciles.

Elle commençait à mieux comprendre Jacob : éprouver de l'affection pour cet homme n'était pas seulement difficile, c'était impossible. Jamais elle n'avait rencontré un être aussi dénué de chaleur humaine.

— Vos parents sont-ils en vie ?

Elle se demandait soudain ce qu'avait pu être l'enfance d'un homme aussi aigri.

Il observait fixement ce qui se passait sur la piste, et rien n'indiquait qu'il voulût répondre.

— Non, dit-il enfin. Ils sont morts tous les deux.

Son visage crispé disait assez qu'il ne fallait pas poursuivre sur ce sujet. Valerie n'hésita pas.

Les haut-parleurs annoncèrent le numéro quinze. Un concert de cris aigus partit d'un groupe de très jeunes filles.

— Mesdames et messieurs, dit la voix amusée de l'annonceur, s'il arrive jamais à Charles Rissom de percevoir l'écho enthousiaste de l'accueil que les jeunes filles réservent à Jacob Lancer les jours de compétition, il se demandera qui concourt, de l'entraîneur ou des étalons !

Le rire de la foule s'enfla. Valerie jeta un coup d'œil de côté à Charles Rissom. Il était demeuré imperturbable ; à peine si un demi-sourire relevait le coin de sa bouche.

— Et maintenant, proclamèrent les haut-parleurs, Jacob Lancer nous présente Sheikh el Din, des écuries Rissom !

Un tonnerre d'applaudissements les salua. L'ambiance était survoltée, comme pour un concert de rock. Les personnalités qui entouraient Valerie ne se départirent pas de leur réserve ; on pouvait imaginer combien ils enviaient Charles, dont l'entraîneur avait un tel succès.

L'enthousiasme de la foule sembla magnifier encore le jeune étalon. Jacob l'arrêta au centre de la piste, et lui fit exécuter une série de figures où il apparaissait dans toute sa beauté. Homme et cheval était magnifiquement concentrés, et on se demandait si le murmure admiratif de la foule allait à l'un plutôt qu'à l'autre.

L'annonceur lut le pedigree de Sheikh ; après quoi, Jacob le reconduisit à sa place, au milieu des autres étalons. Très énervé, l'animal se cabra ; il provoquait à la lutte les autres chevaux. Tout le monde retint son souffle ; avec une totale maîtrise, Jacob reprit le contrôle de l'étalon. Sa performance suscita un nouvel accès de ferveur de la part des mêmes jeunes filles ; l'annonceur ne résista pas au plaisir de se tailler sa part de succès avec une autre plaisanterie facile.

— Sheikh el Din se tiendra cette année aux haras de Juniper, mais je crains, mesdemoiselles, que Jacob Lancer ne soit pas disponible pour le public. Il est actuellement accompagné d'une jeune personne qui a clos son registre pour le moment.

Jacob haussa les épaules avec un grand rire. Autour de la piste, l'hilarité était générale. Affreusement gênée, Valerie se sentait devenir écarlate. Elle se pencha pour chuchoter à l'oreille de Rissom :

— Que veut-il dire, avec son histoire de registre ?

Rissom riait lui aussi, d'un rire sans joie.

— Dans notre métier, on dit que le registre d'un

cheval est clos quand on décide qu'il ne servira plus d'autres juments pendant un temps indéterminé.

Elle serra les lèvres. Toute couleur quitta son teint. Une boule dans la gorge, les yeux brûlants de larmes retenues, elle sentit plutôt qu'elle ne vit le dédain amusé de ceux qui l'entouraient. De toute son énergie, elle lutta pour ne pas se laisser submerger par ses émotions. Le mépris ironique du sourire qu'arborait Rissom l'y aida grandement ; elle se promit de rendre coup pour coup à ce personnage réputé invincible. Elle trouverait son point faible, elle l'exploiterait à fond, et livrerait le tout dans les colonnes de son journal. Rira bien qui rira le dernier ! se dit-elle farouchement.

Dès que le dernier cheval eut été présenté, elle se leva.

— La démonstration va bientôt commencer, lui rappela Rissom. Vous voudrez sûrement voir monter Jacob.

— Je ne crois pas. Je suis déjà restée trop longtemps à mon goût.

Elle avança entre les chaises, enjamba la corde de velours restée dans la poussière. Charles Rissom bondit derrière elle et lui prit le coude, presque avec déférence.

— Venez, allons boire un rafraîchissement.

Elle eut envie de lui répondre vertement ; mais son désir de vengeance devait l'inciter à plus de diplomatie.

— Est-ce bien sage ? railla-t-elle. Vous allez vous compromettre en vous montrant avec moi ! Je me demande ce qui vous y pousse ?

— La curiosité, je pense. Vous préférez sans doute croire que je suis physiquement irrésisiblement attiré par vous ?

— Vous l'êtes !

Cela lui avait échappé, elle ne savait comment.

— Bien sûr ! Mais cela ne signifie rien en soi. J'ai déjà vécu cela. Quand je le voudrai, je vous posséderai, et le désir s'enfuira.

Bien qu'en proie à une fureur croissante, elle se contint.

— Ah, oui ? Et qu'est-ce qui vous autorise à penser que je serai consentante ?

Il s'arrêta et lui fit face.

— Vous l'étiez la nuit dernière. Vous le serez encore.

Elle rougit de honte à ce souvenir.

— J'avais trop bu, hier soir.

— C'est faux.

— Cela n'arrivera plus.

— Nous verrons bien.

Ils passèrent derrière le pavillon des étalons, empruntèrent une route étroite mais goudronnée. Passé un bosquet, elle menait à une vaste prairie parsemée d'arbres. De luxueuses caravanes y étaient parquées, loin les unes des autres.

— Où allons-nous ? demanda-t-elle.

— Je vous ai promis un rafraîchissement, vous ne vous souvenez pas ?

Il la guida jusqu'au coin le plus reculé, devant une superbe caravane blanche.

— Elle est à vous ? Vous l'avez conduite jusqu'ici ?

— Elle m'appartient, mais je ne l'ai pas conduite. C'est un de mes employés qui l'a amenée ici.

— Pourquoi ? L'hôtel est infiniment plus pratique, il me semble ?

— Je ne suis pas un homme pratique, Miss Smith. Et je déteste l'hôtel.

Il ouvrit une porte sur le côté du véhicule et l'invita d'un geste de la main à grimper les trois marches. A l'intérieur, il faisait délicieusement frais, grâce à l'air conditionné.

— Prenez un siège.

Elle se glissa dans le confortable canapé en demi-cercle qui entourait une table ronde de bois verni. Elle contempla l'environnement avec intérêt pendant qu'il s'affairait dans le réfrigérateur.

— Cela ne ressemble pas aux caravanes que j'ai pu voir. Il n'y a pas de plastique ici.

— C'est du travail artisanal, exécuté spécialement pour moi. Le plastique offense ma vue... Je vous en prie.

Il lui tendait un verre de cristal taillé dont elle apprécia d'instinct le poids, en personne qui aime les belles choses.

Il s'assit à l'autre bout du canapé. Ses yeux ne la quittaient pas tandis qu'elle admirait l'élégance parfaite de tout ce qui l'entourait. Quelque chose lui semblait bizarre, qu'elle ne parvenait pas à définir. Soudain, elle comprit. Elle se tourna vers lui pour lui poser une question qui mourut sur ses lèvres quand elle rencontra son regard.

Il l'observait avec une expression de cruauté qui la fit frémir. En cet instant, elle perçut la puissance de haine qui émanait de lui. Elle eut l'intuition qu'il serait un ennemi redoutable quand il s'apercevrait de sa trahison. Elle resta sans voix sous ce regard implacable.

Il se leva pour remplir son verre.

— Vous alliez me poser une question, je crois.

— Oui, heu... à propos de tout ceci, de cet intérieur... Est-ce neuf ?

— Non, la caravane a deux ans, pourquoi ?

— On dirait qu'elle sort de l'usine.

— En fait, elle a sillonné le pays maintes et maintes fois. Peut-être même devrai-je bientôt la remplacer.

— C'est extraordinaire, on dirait que personne n'a jamais habité ici.

— On me l'a dit. A propos de cet endroit, de mon appartement à New York et de quelques autres lieux où je vis. Une jeune femme assez perturbée m'a déclaré un jour que je ne laissais aucune trace nulle part. Moi parti, c'est comme si je n'avais jamais existé. Grâce à ses propos, j'ai trouvé mon épitaphe : « Charles Rissom. Il n'a rien laissé derrière lui. »

Valerie observait ses traits creusés par l'amertume. Sa pensée allait vers cette jeune femme inconnue. Elle lui était sympathique par principe, elle qui avait peut-être enduré les mauvais traitements de Charles Rissom.

— Qu'a-t-elle dit à propos de votre ferme du Minnesota ?

Les yeux de Charles se rétrécirent. La méfiance l'habitait.

— Elle n'en a rien dit. Elle ne l'a jamais vue. Nul ne l'a jamais vue.

— Si, Jacob.

— Uniquement par nécessité professionnelle. C'est un endroit strictement privé.

Son visage s'était complètement fermé. Valerie s'interrogea sur cette étrangeté : une maison qui n'avait jamais accueilli personne. Une maison sans famille, sans amis, sans le moindre réconfort humain. Elle insista :

— A part Jacob, personne n'a jamais vu votre ferme ?

— Personne.

— Pas même...

Elle hésita, embarrassée. Il rit de sa réticence.

— Non, pas même les femmes que j'ai connues. Aucune.

Elle l'examina pensivement sans chercher à dissimuler sa curiosité.

— Ce doit être bien solitaire, un endroit pareil.

— Sans doute. Il faut parfois consentir certains sacrifices pour parvenir à d'autres fins.

— Et pour quelle fin sacrifiez-vous la compagnie de vos semblables ? Qu'est-ce qui justifie que vous vous en priviez ?

— Un bien que je place au-dessus de tous les autres : le secret de la vie privée.

— Vous le payez d'un prix exorbitant.

— Cela en vaut la peine.

Le silence se plongea. Il méditait. A brûle pourpoint, il lui demanda :

— Qu'est-ce qui vous intéresse dans la personnalité de Jacob ?

— Et vous ? Vous ne le tenez pas en grande estime, si je ne me trompe ?

— Au contraire, j'ai beaucoup d'estime pour lui. C'est d'ailleurs pourquoi son engouement pour vous m'inquiète.

— Pour un homme qui attache autant de valeur au respect de la vie privée, cette habitude de s'ingérer dans les affaires d'autrui est des plus déconcertantes !

— J'apprécie beaucoup Jacob. Dans mon esprit, le mettre en garde contre vous équivaut à l'avertir qu'un camion est sur le point de l'écraser. Je ne vois pas qu'il s'agisse là d'une violation de sa vie privée.

Elle bondit sur ses pieds, incapable de se contenir plus longtemps.

— Vous vous croyez infiniment supérieur au commun des mortels, n'est-ce pas, monsieur Rissom ? Qu'est-ce qui vous autorise à juger et à condamner si rapidement votre prochain ?

— Calmez-vous, Miss Smith. En ce qui vous concerne, mon jugement n'est pas définitif. S'il l'était, j'aurais informé Jacob dès ce matin que vous aviez été mienne cette nuit — ou que vous l'auriez été, si j'avais choisi de vous posséder.

Elle pressentit que la colère allait la submerger ; elle prit une profonde inspiration, presque douloureuse, et se rassit.

— Vous ne comprenez rien à ce qui s'est passé cette nuit, énonça-t-elle faiblement.

— Justement, j'aimerais beaucoup comprendre. Comment justifiez-vous votre facilité à passer de lit en lit, et d'homme en homme ?

Elle se mordit la lèvre : une fois encore, elle éprouvait l'envie irrésistible de tout lui raconter.

— Que diriez-vous, monsieur Rissom, commença-t-elle lentement, si je vous affirmais que ce qui s'est passé entre nous la nuit dernière était complètement indépendant de mes relations avec Jacob ?

— Je dirais que vous êtes sans doute la femme la plus froidement amorale que je connaisse.

Elle accusa le coup. Son désir de se confesser l'abandonna. Se confesser à cet homme si implacable, si inhumain, à ce censeur en qui elle avait eu la sottise de voir le Prince Charmant ?

— Oubliez ce que j'ai dit, prononça-t-elle avec tristesse.

— Je ne suis pas près d'oublier l'épisode de la nuit dernière, Miss Smith, et vous non plus, je pense.

Elle aurait dû réagir fortement à cette dernière affirmation ; il n'en fut rien. Elle se sentait fatiguée, tout à coup. Lasse de cette arrogance hargneuse, de cette intolérance. Lasse de toujours rester sur la défensive.

— En tout cas, j'essaierai. Au revoir, monsieur Rissom. Merci pour la boisson.

Elle fit mine de se lever. Il l'arrêta en lui saisissant le poignet.

— Si j'étais vous, Miss Smith, je réfléchirais avant de me servir des gens comme vous le faites. Vous pourriez être amenée à le regretter.

Elle tira violemment son bras en arrière pour le dégager de sa prise.

— Quant à l'art de se servir des gens, vous y excellez, je crois ! Vous êtes un expert !

Il baissa la tête sans la quitter des yeux, ce qui lui donnait un peu l'air d'un jeune garçon placé devant sa faute. Il n'en perdit pas sa morgue pour autant.

— Effectivement, je suis un expert. J'ai été à bonne école, la meilleure probablement : la presse américaine.

Pour se donner une contenance, elle prit vivement son verre ; elle but une gorgée, avec laquelle elle s'étrangla. Charles cachait mal sa gaieté.

— Que... qu'entendez-vous par là ?

— Eh bien, disons que j'ai eu une... une enfance difficile.

— Vraiment ?

Ses derniers mots avaient éveillé en elle un intérêt très vif ; elle s'efforçait néanmoins de garder la voix neutre.

Il l'examinait pensivement, comme s'il évaluait le poids des mots qu'il allait prononcer. Les prononcerait-il ? Il se décida enfin.

— C'est de mon père que j'ai appris la valeur du secret. A cause de lui, j'ai toujours préservé jalousement ma vie privée. Les autres n'ont pas de prise sur vous s'ils ne savent pas qui vous êtes.

L'esprit de Valerie enregistrait ces propos comme s'il était une bande magnétique ; elle devait se retenir de ne pas fouiller son sac à la recherche d'un bloc.

— Votre père ? Qui était votre père ?

Avait-elle rêvé ? Elle avait cru voir une ombre amusée dans les yeux de son interlocuteur.

— Martin Vasslar.

Valerie en resta bouche bée.

— Je suis surpris que son nom vous soit familier ; C'était largement avant votre époque.

— C'est de l'histoire, protesta-t-elle. Ainsi, vous êtes le *fils* de Martin Vasslar ?

— Eh oui ! Rissom était le nom d'une des gouvernantes de ma grand-mère. Après la mort de mon père, il apparut sage que sa famille change de nom. Vous êtes au courant de toute l'aventure ?

Elle hésita, mais son sourire semblait l'encourager. Elle se lança.

— C'était un conseiller très proche du Président. On l'a accusé d'espionnage, mis à l'épreuve et estimé coupable. Il s'est suicidé avant d'être jugé ; sa femme et son fils unique ont disparu.

Il acquiesça, lentement.

— Bravo. Vous avez bien appris vos leçons à l'école.

Mais votre cours ne mentionnait peut-être pas qu'il s'est ouvert les veines chez lui, dans sa propre salle de bains, alors que les plus dignes représentants de la presse tambourinaient à la porte d'entrée.

Il soupira profondément, puis continua :

— J'avais neuf ans à l'époque ; par étourderie, j'ai ouvert la porte aux journalistes. Ils ont découvert le corps de mon père en même temps que ma mère ; j'ai le souvenir des flashes crépitant pendant que ma mère hurlait sa douleur. Après cela, il est difficile de garder quelque estime pour la presse, ou pour le public. Ils étaient tous comme des vautours, se repaissant de notre chagrin. Ils ont violé allègrement notre vie, ils nous ont piétinés pour le plaisir de faire du sensationnel.

— Cela a dû être l'horreur, murmura-t-elle. Heureusement, tous ne sont pas ainsi.

Il avait un sourire triste et désabusé.

— Vous croyez ?

Elle ne répondit pas.

— Qu'est devenue votre mère ?

Elle entendait sa propre voix comme si elle provenait d'une personne étrangère.

— Où êtes-vous allés ? insista-t-elle.

— Nous avons erré de ville en ville pendant des années. Il fallait survivre. La plupart du temps, ma mère trouvait à s'employer comme serveuse dans des restaurants ou des bars. Une femme qui dînait si souvent à la table du Président ! Elle est morte quand j'avais quatorze ans.

— Et vous ?

Il eut un rire insoutenable.

— Moi ? Je suis devenu riche, célèbre, et je fuis les journalistes.

En un geste totalement inattendu, il se pencha par-dessus la table et lui saisit la main. Il la retourna dans la sienne pour en observer la paume.

— Miss Smith, vous savez à présent pourquoi j'ai une

telle hantise du secret de la vie privée. Vous plaît-il d'être dépositaire d'un tel secret ?

Elle laissa sa main dans la sienne et resta silencieuse un moment.

— Ce que vous m'avez confié doit être le secret le mieux gardé au monde, dit-elle enfin.

Il leva lentement les yeux sur elle. Il avait un sourire incrédule, étonné.

— *Devrait* être, oui. Il y a quelques instants encore, j'étais la seule personne vivante à connaître cette histoire.

— Et pourquoi… ?

— Vous l'ai-je contée ?

Son sourire s'élargit.

— Pour raison d'affaires, Miss Smith. Toutes les décisions que je prends obéissent à cette motivation : est-ce bon pour les affaires ou non ?

— C'est absurde ! Je ne vous comprends pas. Comment le fait de m'avoir révélé ceci peut-il être bon pour vos affaires ?

— Je n'espère pas que vous compreniez. Pas tout de suite. Un jour, peut-être…

Abasourdie, elle le regarda se lever, avec un sourire comme il en avait trop rarement, chaleureux, sincère, qui donnait à ses traits un charme bouleversant.

— J'imagine que vous aimerez rentrer à l'hôtel avant de dîner. Si vous m'y autorisez, je vous emmènerai dîner dans un endroit peu banal.

— Je suis navrée, répondit-elle avec un regret qui n'était pas feint, j'ai promis à Jacob de le retrouver à dix-huit heures trente au restaurant. Il faudrait d'ailleurs que je me hâte, si je veux avoir le temps de me changer.

— Eh bien, se sera pour une autre fois !

Elle éprouva une pointe de regret en voyant qu'il n'insistait pas.

— Si je peux me permettre une recommandation,

prévoyez une robe habillée pour le dîner. C'est le rendez-vous traditionnel des propriétaires avant la grande vente de samedi, et la tenue de soirée est de rigueur.

— Jacob ne me l'a pas précisé.

— Il aura oublié.

— Vous y serez ?

— J'y suis invité en tant qu'acheteur pour les écuries Rissom. Peut-être m'y rendrai-je.

A travers la vitre, il la regarda s'éloigner. Il était satisfait d'avoir manœuvré de manière à se protéger. Dommage qu'il eût fallu en venir là ! Il était furieux d'avoir été contraint au mensonge, surtout à un mensonge aussi grotesque. Martin Vasslar ! Quelle absurdité !

6

Valerie s'observa d'un œil critique dans le grand miroir de sa chambre. Elle était extrêmement élégante dans sa robe sophistiquée. Brusquement, elle fut prise d'un doute affreux ; et si Charles Rissom lui avait joué un de ses tours ? S'il avait voulu se délecter de son embarras à se trouver en tenue de soirée au milieu des jeans et des polos ? Non, il n'était pas homme à plaisanter de la sorte, elle en était certaine.

Tout en se douchant et en se changeant, elle s'était répété mentalement les propos de Rissom ; elle voulait n'en oublier aucun. Elle ne disposait pas du temps nécessaire pour les noter *in extenso* ; elle le ferait après le dîner, quand elle serait de retour dans sa chambre.

Il s'était confié à elle, elle ne comprenait pas pourquoi ; et voici que cette confidence l'accablait du poids de ses responsabilités.

Dans sa jeune carrière, on lui avait maintes fois révélé des secrets « hors micro », ce qui était une façon de rendre hommage à son professionnalisme rigoureux. Elle n'avait jamais trahi ses sources, ou publié une information capable de nuire. Aujourd'hui, elle se trouvait devant un choix difficile.

Cet homme la déconcertait totalement. Il savait être hostile, agressif même, et bienveillant la minute suivante ; où était l'homme, où était la façade ? Elle ne

Une histoire très secrète.   3.

pouvait en décider. Dans les deux occasions où ils s'étaient trouvés seuls, il s'était montré amical, agréable. Il semblait qu'il fût attiré par elle au moins autant qu'elle par lui. Mais le mépris qu'il lui manifestait parfois annihilait le charme de ces instants privilégiés. Ce qu'il devinait de son intimité supposée avec Jacob suffisait-il à justifier son attitude? Vraisemblablement, non. Alors, pourquoi se montrait-il aussi cruel? Avec lui, elle se sentait ballottée comme un jouet : remplie d'espoir un court instant, au fond du découragement la minute suivante. Devait-elle écrire cet article, ne le devait-elle pas? La décision serait difficile à prendre. Elle laisserait à Charles Rissom le soin de trancher.

Avant de sortir, elle jeta un dernier coup d'œil à son image. Elle portait un long fourreau noir dont le haut était drapé de façon à laisser une épaule nue. Des fils dorés intégrés au tissu, on ne voyait d'abord que le reflet. D'un côté, la jupe était fendue jusqu'au dessus du genou, ce qui par contraste avec la chasteté de l'ensemble était d'un effet sensuellement évocateur. Sa chevelure retombait sur ses épaules en belles vagues souples et ses profonds reflets dorés le disputaient au chatoiement de la robe. Elle n'avait pas voulu ajouter le moindre bijou à cette tenue qui était en elle-même un joyau. Elle s'estima satisfaite et quitta la chambre.

La salle à manger était ce soir réservée aux hommes d'affaires du Grand Prix d'Egypte et à leurs invités. Dès le hall, elle entendit la plainte des violons.

Jacob était là, en conversation animée avec un homme que Valerie voyait le dos. Par-dessus l'épaule de son interlocuteur, il aperçut la jeune femme.

Il s'arrêta au milieu d'un mot, la bouche ouverte, l'œil rond; comme un automate, il étendit le bras et écarta purement et simplement de son champ de vision celui qui le gênait. Ce dernier se retourna, offusqué de son impolitesse; à la vue de la jeune femme, son visage se détendit en un sourire charmé.

Valerie nota avec satisfaction que Jacob portait un smoking; elle eut une pensée reconnaissante pour Charles Rissom.

Jacob la contemplait d'un regard ébloui, et son silence était éloquent.

Sans se soucier le moins du monde des regards de ses voisins, comme en rêve, il posa sur le poignet de Valerie le bout de ses doigts qui parcoururent tout le bras puis l'épaule nue d'une caresse à peine esquissée, frôlèrent la masse des cheveux et s'arrondirent autour de son cou. Elle pencha la tête jusqu'à ce que sa joue vienne toucher cette main qu'elle sentit frémir; il inclina alors son visage vers elle, effleura ses lèvres. Il se redressa tout de suite, le regard enivré, avec un soupir tremblé.

Valerie s'étonna de la douce sensation de chaleur qui courait dans ses veines au contact de cet homme pour qui elle croyait n'éprouver que des sentiments d'amitié; elle aurait donc appris ce soir que Jacob pouvait la troubler.

Il jeta un coup d'œil furtif autour de lui, comme un jeune garçon surpris en flagrant délit d'espièglerie; le charme était rompu.

Il l'escorta jusqu'à la salle à manger. A leur entrée, toutes les têtes se tournèrent pour admirer la beauté de ce couple radieux; seul sans doute, Charles perçut l'expression de regret inscrite sur les traits de Valerie. Il était assis à la table réservée au nom de Rissom, qu'il présidait. Il observait Valerie d'un œil sombre, lourd de menace.

La fierté naïve de Jacob éclatait tandis qu'il guidait sa compagne vers la table qui leur était assignée; il s'écartait même un peu, comme pour mieux la présenter à tous les regards. Valerie en éprouva un certain malaise, qui s'accentua lorsqu'elle rencontra le sourire sardonique de Charles Rissom. Leur intimité de l'après-midi n'était plus qu'un souvenir dont elle doutait même qu'il eût existé.

Elle s'assit entre Jacob et lui.

— Vous vous amusez, monsieur Smith?

— Je ne désespère pas d'y parvenir, comme vous allez voir.

La première partie de la soirée fut assez désagréable pour Valerie. Elle avait l'impression que les regards des invités revenaient sans cesse à elle, et que les chuchotements le concernaient. Une femme assise à la table voisine, dont les regards malveillants n'avaient pas échappé à Valerie, s'écria à haute et intelligible voix, dans le but évident d'être entendue de toute l'assistance :

— Il dispose apparemment d'un approvisionnement illimité. Je ne l'ai jamais vu deux fois avec la même fille. Personnellement, je ne permettrais pas qu'on se serve de moi de cette façon !

Valerie s'empourpra, et Jacob se retourna sur sa chaise pour s'adresser directement à cette personne :

— Madame Harrington, affirma-t-il avec un sourire éblouissant, je peux vous garantir personnellement que vous n'avez absolument rien à redouter de ce genre.

La dame suffoqua d'indignation, Valerie s'efforça de garder son sérieux, et Charles emplit la salle de son rire sonore.

— Excellent, Jacob ! Je n'aurais pas trouvé mieux.

— Je suis navré, Valerie, bredouilla Jacob. Je n'aurais jamais dû vous exposer à ceci. Je suis entièrement responsable.

Elle mit dans son sourire toute la tendresse qu'elle éprouvait pour lui.

— Ce n'est pas grave, Jacob. Cette dame n'a fait qu'exprimer ce que tout le monde pense tout bas. Ce n'est pas d'être énoncé qui rend la chose pénible. De toute façon, je savais dès le début ce que je risquais ; mais cela en valait la peine.

Charles avait suivi cet échange avec beaucoup d'intérêt.

— Tout ceci est extrêmement touchant, intervint-il sur un ton sarcastique, méprisant.

Il examinait la jeune femme et, au fond de ses yeux, brillait cette lueur de cruauté qu'elle connaissait déjà. Puis son regard s'arrêta sur Jacob ; de la sympathie passa sur ses traits.

— Il me semble que Miss Smith mériterait une compensation, n'est-ce pas, Jacob ? Une disculpation publique, par exemple ?

Jacob fronça le sourcil. Il pressentait l'hostilité de Charles envers Valerie.

— Que voulez-vous dire ? interrogea-t-il, soupçonneux.

— Oh ! C'est très simple. Si le sentiment que vous portez à cette jeune femme est réellement sérieux, vous devriez lui éviter d'être en butte à de telles situations en déclarant vos intentions.

Piqué au vif, Jacob s'écria :

— Mais je suis prêt à épouser Valerie dans la minute !

Rissom eut un mauvais sourire.

— Cela ne m'étonne pas, dit-il.

Dans un geste emphatique, il se leva. Il ne quittait pas Valerie des yeux. Il s'éclaircit la gorge.

— Mesdames et messieurs, annonça-t-il.

Il tapota son verre avec la lame de son couteau, obtenant instantanément le silence. Tous les yeux se tournèrent vers lui.

— Mesdames et messieurs, il semble que nous soyons les témoins involontaires d'un événement qu'il convient de célébrer comme il le mérite : Jacob Lancer vient d'annoncer son intention de prendre Valerie Smith pour épouse !

Un tonnerre d'applaudissements s'éleva. Jacob ni Valerie ne l'entendirent ; l'un et l'autre étaient étourdis, stupéfaits.

Comment opposer à cela un quelconque démenti ? Au supplice, Jacob prit la main de Valerie et en pressa dans la sienne la paume soudain glacée.

— Ma chère Valerie ! Je n'avais aucune idée de ce qu'il préparait !

Elle serra faiblement sa main.

— Lui non plus, Jacob, lui non plus.

— Qu'allons-nous faire ?

— Sourire, comme il se doit pour un couple heureux.

On s'empressa autour d'eux pour les congratuler. Valerie serra avec beaucoup de dignité toutes les mains qu'on lui tendait, remercia poliment chaque fois qu'on la félicita. Le regard ténébreux de Rissom restait attaché à elle.

Jacob accepta d'abord les félicitations avec d'autant plus de prudence qu'elles étaient parfois à la limite de la grivoiserie ; peu à peu, il se laissa griser par cette atmosphère d'excitation, de fête, et entra dans son rôle de futur jeune marié avec tant de conviction qu'il finit par le croire vraisemblable. Quand le remue-ménage s'apaisa, il s'assit aux côtés de Valerie, ému, heureux, persuadé qu'après tout, l'idée de ce mariage était excellente. Même si elle ne venait pas de lui. Ce fut la voix de Valerie, empreinte d'une menace à peine voilée, qui l'éveilla de son rêve.

— Vous vous plaisez à manipuler les autres au gré de votre caprice, n'est-ce pas, monsieur Smith ? Je me souviendrai longtemps de cette soirée ! Mais vous vous en souviendrez aussi, cela, je peux vous le promettre.

Elle se leva brusquement en s'excusant auprès de Jacob : cette journée l'avait épuisée, elle désirait se coucher. Elle insista pour qu'il reste.

Elle parvint à garder un calme qui n'était qu'apparence jusqu'à ce qu'elle fût à l'abri des regards. Une fois refermée la porte de sa chambre, elle jeta de toutes ses forces sa pochette contre le mur ; le fermoir se cassa, le contenu du sac s'éparpilla dans toute la pièce. Elle bondit sur le téléphone posé à côté du lit, composa fébrilement une série de chiffres : elle voulait parler à John ; lui exposer le plan de son article affermirait sa résolution et la soulagerait. Le téléphone de John résonna trois fois, puis le déclic mit en marche la bande du répondeur. Elle raccrocha furieusement au milieu du message : elle ne voulait pas exposer ses intentions vengeresses à une machine. Elle se mit à arpenter sa chambre de long en large comme une forcenée.

Elle s'arrêta brusquement, arracha une feuille au bloc-notes qui se trouvait sur le bureau et griffonna rageusement en lettres énormes : « Charles Rissom : la vérité sur l'homme le plus mystérieux d'Amérique. »

Elle se redressa, examina, fascinée, les mots qu'elle venait d'écrire ; bien qu'elle tremblât encore de rage, elle n'était pas encore au point où elle rédigerait noir sur blanc le texte qui détruirait cet homme. Sa propre faiblesse la mit hors d'elle : elle jeta le stylo et se remit à arpenter la chambre.

Au bout d'un moment, il lui sembla être prisonnière d'une cage dont les murs se resserraient lentement sur elle. Elle ramassa les objets que sa colère avait dispersés aux quatre coins de la pièce, les rassembla pêle-mêle dans un sac plus grand, attrapa ses clefs de voiture et sortit en trombe.

Elle roula au hasard à travers Lexington, vitres baissées, radio hurlante. Elle se perdit deux fois, finit par demander son chemin dans une station-service.

Sur la route du retour, les cheveux emmêlés, le visage fouetté par le vent, elle commença à se calmer. Elle coupa la radio d'un geste impatient. La vitesse la grisait, l'apaisait aussi. Elle aspirait par grandes goulées l'air tiède et humide de la nuit. Sans le vouloir, elle dépassa la voie d'accès à son hôtel. Tant pis ! Elle était encore trop agitée pour se confiner dans sa chambre.

Au bout de quelques kilomètres d'autoroute, elle se trouva à l'entrée du Parc Hippique. Sans réfléchir, elle emprunta la voie d'accès. Il lui parut tout naturel d'aboutir ici. De Lexington, elle ne connaissait que cet endroit. Instinctivement, elle prit la route qui menait au quartier des propriétaires ; elle gara sa voiture en toute tranquillité près de la caravane de Rissom. Sortirait-elle ? Oui, elle ne risquait rien : ce dîner promettait de se prolonger. Il ne reviendrait pas de si tôt.

La lumière sourde qui venait du pavillon des étalons l'attirait comme un aimant. Elle marcha vers lui en tenant sa jupe à deux mains ; sur ses sandales du soir, ce n'était guère commode.

Le local était apparemment désert ; on entendait un cheval mâcher son foin, un autre agiter ses sabots. Elle se laissa glisser sur un banc près de la porte, s'appuya le dos au mur, ferma les yeux. Pour la première fois depuis des heures, elle se sentit en paix.

Au bout de quelques minutes, elle discerna un son tout à fait déplacé dans l'écurie déserte : celui d'une voix humaine. Elle se redressa, alarmée, écarquilla les yeux dans la pénombre en essayant de localiser cette voix. Elle aboutit à la conclusion qu'elle devait venir des écuries Rissom : sans doute un palefrenier qui tentait d'apaiser un cheval trop nerveux.

L'idée qu'on pouvait la découvrir ici, surtout dans cette tenue, la mettait fort mal à l'aise : comment expliquer sa présence à un étranger ? Puis elle se rappela avec quelque malice qu'on venait d'annoncer ses fiançailles avec Jacob Lancer ; quelle meilleure raison lui fallait-il ?

Elle se glissa sans bruit dans l'allée qui bordait les stalles ; outre que la chose avait un parfum d'aventure, elle serait curieuse de voir qui fréquentait l'écurie à cette heure-ci. Ses fines sandales s'enfonçant profondément dans la sciure, elle progressa comme une voleuse.

Elle était tout près de la stalle qui abritait le fameux Sheikh el Din. Elle approcha encore à pas de loup, et retint sa respiration pour percevoir les mots que prononçait cette voix si basse. C'était un murmure indistinct ; elle allait se risquer à jeter un coup d'œil quand elle reconnut la voix de Charles.

Cette voix lui rappela sa colère toute récente. Elle allait se retirer sans attendre, quand les mots qui lui parvinrent la clouèrent sur place.

— Pardon, mon vieux, pardon.

Valerie se colla au mur pour mieux entendre. Quelle angoisse dans la voix de Rissom !

— Cela a été long, mon vieux, je le sais bien. Et tu n'as pas compris, hein, tu n'as pas compris ? Tu ne savais pas pourquoi tu étais ici. Tout ce que tu voulais, c'était retourner à la maison...

La voix se brisa ; elle exprimait tant de peine que Valerie ne songea pas à rire de cette scène pour le moins surprenante : un homme adressant d'aussi humbles excuses à un cheval. C'était là un aspect de la personnalité de Charles Rissom qu'elle était loin de soupçonner.

Le cheval hennit en manière de réponse ; l'homme recommença à parler. Sa voix s'assourdit jusqu'à n'être plus qu'un chuchotement rauque. Valerie avança encore d'un pas ; elle put alors risquer un regard à travers les volets à claire-voie de la porte.

Elle les voyait de profil tous les deux ; l'homme avait passé son bras autour de l'encolure puissante de l'animal ; de l'autre main, il caressait la belle tête avec douceur, allant de la crinière à la pointe du museau. Valerie se demandait ce qu'elle trouvait le plus remarquable : l'émotion si manifeste de Rissom ou la totale soumission d'un cheval aussi terrifiant.

Car il tendait le cou, il baissait la tête pour mieux se prêter à la caresse de son maître. Ses larges yeux noirs étaient fermés, ses narines palpitaient au rythme d'une respiration forte et régulière. Quand la voix qu'il aimait se taisait, Sheikh répondait d'un hennissement. Valerie s'émerveilla d'un tel prodige : une véritable conversation entre un homme et un animal.

Un moment, Rissom posa sa tête sur le cou du cheval ; la crinière brillante et la chevelure drue se mêlèrent.

— Nous sommes pareils, toi et moi, chuchotait Rissom. Nous faisons l'un et l'autre un travail que nous n'aimons pas particulièrement, et nous rêvons de rentrer à la maison.

Hennissement de Sheikh.

— Mais tu es mieux loti que je ne le suis, mon vieux, je t'assure. A la fin de la saison, tu rentreras, et tu pourras profiter tranquillement de ton existence. Tandis que moi...

Le cheval alla chercher du front la main de son maître, comme pour demander un supplément de caresses ; Charles le gratta vigoureusement derrière les oreilles, et l'animal exhala son plaisir.

Dans le mouvement qu'il fit pour venir flatter le flanc de son cheval, Charles leva les yeux et resta stupéfait, main en l'air : il venait d'apercevoir Valerie.

— Qu'est-ce que vous faites ici, vous ? s'exclama-t-il.

Aussitôt, Sheikh pirouetta de façon à voir l'intruse de face. Il secoua les oreilles, des signes d'agitation. Valerie fit un bond en arrière et cette retraite précipitée effaroucha l'étalon. Il se cabra sur ses pattes de derrière, battit l'air de ses sabots avant en hennissant ; bien qu'il y eût entre eux une lourde porte, la jeune femme poussa un cri, trébucha et tomba pitieusement en arrière dans la sciure. Elle se remit aussi vite sur ses pieds et s'apprêta à fuir.

Rissom ne se priva pas de rire à ce spectacle comique. Il l'observait d'un air content à travers les volets.

— Ne laissez jamais un cheval vous intimider, lui conseilla-t-il. Surtout pas celui-ci.

Elle brossait sa robe tant bien que mal et essayait de recouvrer sa dignité.

— Ce cheval est un tueur !

Il rit de bon cœur. Sheikh vint poser son museau dans son oreille.

— Mais non, ce cheval est un bébé, vous ne le voyez pas ?

— Pour vous, peut-être ; pour moi, c'est un tueur.

— Valerie !

Il avait mis tant de force à prononcer son nom qu'elle s'arrêta malgré elle et le regarda dans les yeux.

— Je voudrais que vous veniez me rejoindre. Venez.

Comment pouvait-il lui demander une chose pareille ! Consternée, elle secoua la tête, lentement.

— Je vous en prie.

— Comment cela, vous m'en priez ? Vous me priez de me laisser mordre, ou piétiner, ou je ne sais quoi, par un cheval furieux ?

Elle fit mine de s'éloigner. Charles ouvrit en riant la porte de la stalle.

— Ne vous sauvez pas, Valerie. Attendez.

Elle avait le cœur qui battait la chamade ; elle nota pourtant avec un certain embarras qu'il usait envers elle du même ton apaisant que pour son cheval, quelques instants auparavant.

— Vous étiez là depuis longtemps ?

Elle se dit que cet homme orgueilleux ne supporterait pas d'avoir été pris en flagrant délit d'émotion, et tenta de tricher.

— Une minute à peine, bredouilla-t-elle.

— Je ne vous crois pas. Je crois que vous en avez vu et entendu assez pour me prendre pour un imbécile.

— Cette idée ne m'est pas venue à l'esprit.

— Non ? Une conversation avec un cheval, vous trouvez cela sensé ? Allons donc ! Vous m'espionniez, et vous avez été surprise. Vous me devez une compensation.

— Ecoutez, c'était purement accidentel. Je vous assure, je ne voulais pas...

— Néanmoins, vous l'avez fait. Vous m'avez découvert dans un moment de faiblesse, et je déteste cela. En échange, je vous demande une chose, une seule : faites connaissance avec ce cheval. C'est une exigence raisonnable, non ?

— Mais ce... c'est impossible ! chuchota-t-elle, paniquée. J'ai peur !

Charles lui prit la main et l'entraîna dans la stalle. De l'autre main, il caressa le cou du cheval à moitié endormi.

— Ecoutez-moi bien. Premièrement, il est grand temps que vous appreniez à surmonter cette peur irraisonnée qui est en vous, et je vais vous aider. Deuxièmement...

Il hésita, cherchant les mots justes.

— Deuxièmement, c'est important à mes yeux. C'est une grâce que je vous demande.

Sa voix n'était plus qu'un murmure. Très certainement, ces dernières paroles lui avaient beaucoup coûté.

Elle inspira profondément, ferma les yeux un instant, puis avança du pas mécanique du condamné qui marche bravement au supplice.

Elle avança de deux mètres à l'intérieur de l'habitacle, et son courage l'abandonna. Elle se détourna pour s'enfuir. La main de Charles la rattrapa au vol. Il l'attira à lui. Elle répétait :

— Non ! Je ne peux pas ! Laissez-moi partir, je vous en supplie. Il sait que j'ai peur. Il va m'attaquer, je le sens !

Comme pour confirmer ces paroles, Sheikh s'éveilla de son engourdissement, tourna la tête vers elle et la regarda d'un air suspicieux. Valerie se mit à trembler. Charles la tira par la main, doucement mais avec insistance. Elle dut avancer sous peine de perdre l'équilibre. Sa main captive se trouvait à présent toute proche du museau frémissant. Charles retourna cette main pour en offrir la paume à la curiosité du cheval ; immédiatement, il y posa son nez. La jeune femme se raidit. Persuadée que sa main allait disparaître entre les mâchoires puissantes du cheval, elle demeura pétrifiée, bouche ouverte, le cœur cognant dans sa poitrine, tandis que le museau très doux explorait sa paume.

Sheikh sentit la peur de cet étrange humain, ce qui ne manqua pas de l'effrayer ; mais l'odeur de son maître mêlée à cette odeur nouvelle le rassura. Sans avertissement, il se mit à lécher la main offerte ; elle frissonna, et fut prise d'un fou rire nerveux. Peu à peu, elle se détendit.

Comme mus par une volonté propre, ses doigts commencèrent à toucher les nassaux. C'était doux comme des cheveux qu'on vient de laver. Elle interrogea Charles du regard, très intimidée encore ; il sourit à son expression d'étonnement ravi.

Sous sa main, Sheikh remua pour l'encourager. D'instinct, elle lui tapota la tête ; elle sentait la pulsation des veines proéminentes, le satiné de la joue, les protubérances dures sous les yeux. Ses doigts se complaisaient à ces sensations inconnues, et elle souriait sans le savoir.

Quand elle atteignit les oreilles de Sheikh, il eut un grognement de plaisir, pencha la tête d'un côté, puis de l'autre, et poussa son museau contre la poitrine de la jeune femme. Ses narines exhalaient un souffle chaud qu'elle percevait les grands yeux liquides qui se fermaient de contentement. Un ineffable sentiment de tendresse la submergea, lui mit des larmes aux yeux. Sans bien s'en rendre compte, elle berça le cheval en fredonnant. Un temps indéfini passa ainsi. Tout à coup, elle se rappela la présence de Rissom. Elle leva les yeux vers lui, penaude.

— Je crois que je suis conquise, chuchota-t-elle.

— Eh bien, nous sommes deux, répondit-il en lui rendant son sourire.

Ils avaient donc quelque chose en commun : leur

amour pour cette incroyable créature qui s'était endormi entre les mains de la jeune femme.

Ils sortirent de l'écurie sur la pointe des pieds. Dehors, Valerie s'étira, ouvrit les bras le plus largement possible, comme pour embrasser le monde entier.

— Il y a un banc de ce côté, dit Charles. Vous ne voulez pas vous asseoir quelques instants ?

— Si, volontiers. C'est une trop belle nuit pour rentrer tout de suite.

Ils s'assirent sur un banc en haut de la colline : une légère brume montait de la terre, qui semblait les isoler du reste du monde.

Avec un ensemble touchant, ils poussèrent un profond soupir de satisfaction ; ce qui les fit rire l'un et l'autre. Valerie portée par une sorte d'euphorie, rayonnait encore de son aventure avec Sheikh.

— Je crois que c'est l'expérience la plus étonnante que j'aie jamais vécue, prononça-t-elle en hésitant, car elle craignait que les mots ne trahissent ce qu'elle avait ressenti.

— Il y a quelque chose d'étrange à gagner la confiance d'un animal physiquement plus puissant que vous, dit Charles. J'y pense chaque fois que je caresse Sheikh : s'il le voulait, il pourrait facilement me broyer les os, ou me piétiner. Les relations avec un cheval ne supportent pas la tricherie. Quand ils la donnent, leur confiance est totale ; mais ils ne la donnent que si vous la méritez. C'est un lieu clair, sans mystère et...

— C'est bien davantage, Charles. Vous adorez ce cheval.

Il l'examina longuement, l'œil méfiant. Au terme de son examen, ses traits se détendirent.

— Pourquoi ne pas ramener Sheikh chez vous ?

Il soupira.

— Il a trop de valeur pour demeurer caché. Je croyais que vous aviez compris cela.

— Non, je ne comprends pas. Cela doit dépendre du sens qu'on accorde au mot valeur, probablement.

— Quelle en est votre interprétation?

— Pour moi, n'a de valeur que ce que l'on désire garder toujours auprès de soi.

Il l'observa, pensif. Puis il tendit la main vers elle, prit une mèche de ses cheveux. Il la lissa avec le pouce, plusieurs fois, puis du bout des doigts, il suivit délicatement les lignes du visage, le dessin de la bouche, des sourcils. Elle respirait le plus légèrement possible, de crainte de rompre le charme.

Il se leva, et l'attira à lui. Il caressait toujours son visage. Elle se tenait immobile, sans force, sans défense. La main de Charles glissa de sa tempe à son cou, de sa gorge à son épaule nue. Quand il toucha ses seins, elle gémit faiblement.

Il enferma la tête de la jeune femme dans ses deux mains, enfonça ses doigts dans l'épaisseur de la chevelure. Il approcha lentement ses lèvres des siennes; quand leurs bouches se rencontrèrent, ce fut une explosion. Avec la même ardeur, elles s'unirent et se fondirent, tandis que leurs corps se soudaient l'un à l'autre. Les mains de Valerie caressaient la poitrine de l'homme où elles percevaient le battement accéléré de son cœur. Soudain, il l'écarta, la repoussa alors que chaque fibre de son corps hurlait son besoin de lui. Elle attendit : allait-il l'accabler de reproches, lui rappeler qu'elle appartenait à un autre, l'insulter? Il n'en fit rien ; son regard n'exprimait ni raillerie ni mépris.

— Qu'y a-t-il? souffla-t-elle.

— Ecoutez!

Des portières claquaient, des rires fusaient, des voix parmi lesquelles elle reconnut celle de Jacob, si caractéristique. Le groupe venait de leur côté.

Charles lui saisit le bras et l'entraîna vivement à

l'arrière du bâtiment. Ils se tapirent à l'abri d'un chèvrefeuille couvert de fleurs odorantes. Jacob voulait sans doute montrer son domaine au petit groupe, car ils entrèrent dans le pavillon.

Valerie n'aimait guère ce rôle d'écolière en faute qui se cache des adultes. Elle chuchota :

— Pourquoi nous cacher ?

Charles pressa son index sur ses lèvres.

— Comment justifieriez-vous notre présence ici aux yeux de votre fiancé ? Ou bien avez-vous un mensonge tout prêt ?

— Ce n'est pas mon fiancé, et vous le savez ! C'est vous qui en avez décidé ainsi, pas moi !

— Alors, il fallait le démentir !

Elle hocha la tête, tristement.

— J'ai du mal à vous comprendre. Vous êtes si changeant ! Il y a un instant, vous étiez... tendre, et maintenant...

Elle eut un geste d'impuissance navré, fit mine de partir.

— Attendez ! Ne partez pas encore !

Il la rattrapa, la tira en arrière. Elle se trouva tout contre lui, le dos contre sa poitrine. Il l'enveloppa de ses bras qu'il croisa sous ses seins, enfouit son visage dans sa chevelure. Elle sentait la chaleur de son haleine près de son oreille, et tout son corps se détendit.

Ils demeurèrent ainsi un long moment, sans parler. Les mots aggraveraient les malentendus dont ils souffraient. Elle se laissait porter par l'instant, par ce souffle vivant dans ses cheveux, par le battement de ce cœur contre son dos ; pour le moment, c'était assez.

Soudain, le charme fut rompu : on entendit le bruit assourdi d'une conversation animée à l'intérieur du bâtiment, le roulement des portes que l'on ouvrait, les ordres que Jacob lançait d'une voix autoritaire. Valerie fut peinée à la pensée qu'il avait réveillé Sheikh, qu'il l'avait tiré de son sommeil paisible pour le seul plaisir d'humains insouciants.

— Cela me contrarie, murmura-t-elle. J'aurais préféré qu'il le laisse dormir.

Les bras de Charles se resserrèrent autour d'elle, ses mains enfermèrent voluptueusement les seins. Elle gémit sous la caresse sensuelle, son corps se cambra, sa tête s'inclina sur l'épaule de Charles. Il traça de ses lèvres un sillon brûlant le long du cou de la jeune femme, puis la fit pivoter lentement vers lui. Comme il approchait sa bouche de la sienne, elle eut un sursaut.

— Non, se plaignit-elle. Epargnez-moi cette fois, vous êtes le plus fort, je le reconnais. Vous me troublez, vous éveillez mon désir. Vous avez ce pouvoir. Est-ce ce que vous voulez? M'entendre reconnaître votre souveraineté? Eh bien, c'est fait.

Elle respirait vite, et ses yeux suppliaient.

— Je ne sais pas ce que vous cherchez à obtenir de moi, poursuivit-elle avec des larmes dans la voix, mais je suis affreusement lasse que vous vous serviez de moi comme d'un objet, au gré de votre caprice.

— C'est vous qui m'accusez de me servir de vous? Ecoutez, je crois qu'il faudrait introduire un peu plus d'honnêteté dans nos relations.

— J'ignorais que nous en avions. De quoi parlez-vous?

— De celles que nous n'aurons jamais. Venez avec moi.

Il lui prit la main, la conduisit le long du bâtiment jusqu'à la route qui menait à l'aire des caravanes. Elle le suivit avec réticence, ne sachant ce qu'elle craignait le plus : qu'il l'emmène ou qu'il l'abandonne.

Il l'aida à monter dans la caravane, dont il tira tous les rideaux. Elle eut la sensation d'être prise au piège. Il alluma les lampes et la pria de s'asseoir.

— Personne ne nous importunera, dit-il. Même

Jacob sait qu'il ne faut pas me déranger lorsque les rideaux sont tirés.

— Jacob ne m'inquiète pas.

— Je sais. Cela me tourmente assez.

Elle frissonna. Il sourit.

— Voyons, détendez-vous. Je vous sers à boire.

« Détendez-vous », disait-il. Voilà qui n'était guère facile ! Par un gros effort de volonté, elle réussit à maîtriser le léger tremblement qui s'était emparé de ses mains.

Pourtant, il était différent ce soir : plus attentif, plus ouvert, comme s'il avait renoncé à se barricader du reste du monde. Mais l'expérience l'avait instruite : elle redoutait le mouvement de rejet qui suivait toujours les moments où il semblait s'abandonner un peu.

Il avait parlé d'honnêteté. Il désirait entre eux un climat d'honnêteté. Où les mènerait l'honnêteté, cependant ? Exactement là où il l'avait annoncé : à un constat d'impossibilité.

L'honnêteté consisterait à lui avouer son double jeu ; à confesser qu'elle lui avait menti pour l'amener à se dévoiler. Qu'elle avait pour dessein d'exposer au public ce à quoi il tenait le plus au monde, et par-là même de le détruire : le secret de sa vie privée. Comment lui pardonnerait-il sa trahison ? Il ne le pourrait pas, et elle ne saurait l'en blâmer.

Il lui offrit un verre tout embué et s'assit en face d'elle.

— Qu'est-ce que c'est ? demanda-t-elle sans lever les yeux.

— Jus de pamplemousse et un doigt de vodka.

Ce diable d'homme savait exactement ce qu'elle aimait boire ! Elle goûta, c'était parfait. Elle le remercia d'un mince sourire.

Il leva son verre non sans ironie, et but.

— Il est temps que nous ayons une conversation à cœur ouvert, dit-il avec fermeté.

Elle le regardait d'un air si apeuré qu'il se mit à rire.

— On dirait un jeune chiot qui a peur d'être grondé! confondriez-vous conversation et punition?

— Avec vous, c'est possible, bredouilla-t-elle.

— Valerie!

Il se pencha, prit sa main, la pressa dans les siennes.

— Nous faisons fausse route, tous les deux. Rien ne peut se développer harmonieusement sur des bases truquées. Ce n'est pas au hasard que je parle d'honnêteté. Sans elle, rien n'est possible. C'est pourquoi j'ai décidé de jouer franc jeu avec vous.

Elle se fit plus petite, leva sur lui un regard craintif. Il lui serra plus fort la main, les yeux rivés aux siens.

— Qu'êtes-vous donc, en définitive? Une menteuse, ou une tricheuse? Aucune des deux hypothèses n'est très agréable, mais il n'y a pas d'autre possibilité, je le crains.

Cette soudaine offensive la laissa sans voix.

— Vous affirmez être l'amie de Jacob, continua-t-il, implacable, et vous êtes toute prête à m'accorder vos faveurs. Ce qui laisse supposer que vous êtes une tricheuse.

Elle se raidit, voulut se dégager. Il ne le lui permit pas.

— Si, en revanche, vous n'êtes pas l'amie de Jacob, contrairement à ce que vous prétendez, alors, vous seriez une menteuse, n'est-ce pas?

Elle n'y tint plus, se leva d'un bond.

— Laissez-moi!

— Quand vous m'aurez répondu.

Elle hésita, puis le regarda droit dans les yeux.

— Cela fait peu de différence, au bout du compte, il me semble. Vous me mépriserez dans l'un et l'autre cas, n'est-ce pas?

— C'est probable.

Elle retira sa main d'un coup sec, par surprise, et frictionna ses phalanges endolories. En se précipitant vers la porte, elle renversa son verre sur la table.

Il l'arrêta comme elle actionnait la poignée.

— Votre conscience ne vous reproche-t-elle rien ?

Elle se tourna lentement.

— Que me reprocherait-elle ?

— De vous servir des gens, comme vous le faites de Jacob, par exemple.

— Je ne me sers pas de Jacob ! s'exclama-t-elle.

— Cela signifie-t-il que vous l'aimez ?

Elle baissa les yeux.

— Ceci ne concerne que lui et moi.

Il la prit aux épaules avant qu'elle ait esquissé un geste.

— Et moi, vous m'oubliez ? Je suis concerné également. Ne suis-je pas celui que vous désirez ? Et je vous désire aussi, n'en déplaise à Jacob. Je vous désire plus que tout depuis l'instant où je vous ai vue. Personne n'y peut rien, et surtout pas ce pauvre Jacob. J'ai cependant plus de considération pour lui que vous : je vous ai arrêtée, alors que vous étiez décidée à le tromper. Si vous lui êtes restée fidèle, c'est grâce à moi !

— Que dites-vous ? Vous essayez de protéger Jacob ? De moi ?

— Non, j'essaie de me protéger moi-même. Surtout après ce qui s'est passé ce soir au restaurant. Si j'ai agi de la sorte, c'est que j'étais convaincu que vous n'étiez pas l'amie de Jacob : je voulais vous obliger à l'admettre.

— Et j'ai déçu vos espoirs. Qu'en avez-vous conclu ?

— Je suis à nouveau dans l'incertitude. Pour la première fois de ma vie, je ne sais pas à quoi m'en tenir, murmura-t-il.

— Quel serait le pire, selon vous ? Que j'appartienne à Jacob tout en vous désirant, ou que ma liaison avec Jacob ne soit qu'affabulation ?

— Cela dépend de la raison pour laquelle vous affabuleriez, répondit-il gravement.

Elle ne trouva rien à répondre. C'était le point crucial. Le choix qu'elle avait fait de dissimuler son identité pour obtenir un article important interdisait tout espoir entre eux. Leur histoire était faussée, empoisonnée. Elle l'avait voulu ainsi. Il lui resterait la satisfaction professionnelle...

Il interrompit le cours de sa méditation.

— Valerie, je déteste la tromperie et la trahison. Accordez-nous une chance, dites la vérité !

Elle eut envie de le prendre au mot. Si elle lui avouait tout maintenant, alors qu'il en était encore temps ? Il comprendrait peut-être. Si... ?

Elle vit cette lueur dans ses yeux, et elle se ravisa. Elle y lut le cynisme, le calcul, la défiance. Cet homme ne croyait qu'aux affaires, c'était bien connu. Charles Rissom, le grand manipulateur. Il jouait avec elle comme le chat avec la souris. Il avait voulu la séduire, et il avait failli y parvenir, pour une simple satisfaction d'amour-propre, pour lui entendre dire qu'elle n'aimait pas Jacob.

Elle inspira profondément. Elle était avant tout journaliste ; elle ne se laisserait pas impressionner par les manœuvres de cet homme.

— Charles, je ne vous donnerai pas satisfaction : j'ai trop à perdre.

Les traits de Charles se crispèrent, puis son visage se ferma tout à fait.

— Je comprends, prononça-t-il, glacial.

Elle partit sans ajouter un mot.

Il ne bougea pas. Une onde de déception passa sur sa physionomie. Ne lui avait-il pas donné plusieurs fois l'occasion de dire enfin la vérité ? Il espérait beaucoup de cette soirée ; il s'était trompé. Il s'était illusionné. Elle était bien telle que son rôle la dévoilait. Leur merveilleuse complicité était purement imaginaire.

Il tira rageusement la poignée d'un tiroir qui sortit de ses rails et lui resta dans la main. Il versa sur la table les papiers qu'il contenait, ceux que Robert lui avait remis le matin même. Il avait oublié le verre qu'avait renversé Valerie ; une liasse de papier fut aussitôt trempée, et inutilisable ; également, une photo de Valerie dont le sourire parut se déformer sous l'effet de l'humidité.

Cela n'avait pas d'importance, après tout. Il avait déjà pris connaissance de tous ces documents. Ils lui avaient appris beaucoup sur la journaliste qu'était Valerie, rien sur la femme. Ce n'était qu'un dossier rassemblé par un ordinateur.

Heureusement, Robert avait reconnu la journaliste. Sans lui, Charles serait tombé dans le piège. A son tour, il lui avait tendu un piège, avec ses pseudo-révélations sur sa naissance. Si elle utilisait ses confidences, les conséquences seraient terribles pour elle. C'était un coup à ruiner sa carrière : car à qui ferait-elle croire que Charles Rissom, était le fils de Martin Vasslar ? Certainement pas au propre fils de Martin Vasslar, qui travaillait pour lui depuis des années, et que cette situation amuserait beaucoup !

C'était cruel, il le savait. Mais elle s'était montrée cruelle, elle aussi. Elle l'avait abusé dans le but d'obtenir la matière d'un article qui ruinerait le secret de sa vie privée. Elle en subirait les conséquences.

Tout de même, cette jeune personne avait pris barre sur lui ! Lui, réputé hors d'atteinte ! Et ce pauvre Jacob, qui ignorait très certainement qui elle était ! Oui, cette fille était machiavélique.

Et si elle aimait réellement Jacob ? Le visage de Charles Rissom se contracta. Sous l'effet de la douleur, peut-être ?

7

— Allô ? Oui, oncle John, dit Valerie en bâillant.

Elle chercha des yeux son réveil posé près du lit.

— Mon Dieu, il est vraiment onze heures trente ?

— On ne peut rien te cacher ! tonna la voix de John.

Tandis qu'elle s'efforçait de se réveiller tout à fait, il ajouta plus doucement :

— Valerie, tu dormais ?

— Heu… oui. Excuse-moi. C'est une bonne chose que tu aies appelé. J'ai l'impression que j'aurais dormi toute la journée !

— Tu me sembles un peu bizarre, toi. Tu n'es pas malade, au moins ?

Elle eut un petit sourire triste. Comme cette voix bourrue lui manquait !

— Je vais bien, oncle John. Simplement, je ne me suis guère reposée cette nuit.

— Cela veut-il dire que tu as concocté un article explosif pour notre prochain numéro ?

— Tu auras ton article, John. Tu seras même comblé au-delà de ce que tu espérais.

— Ah ! j'aime mieux cela. Commencerais-tu à te passionner pour le cheval ? qui avait raison, hein ?

— Tout cela est très intéressant, c'est vrai. Mais le cheval ne sera que le prétexte, John.

— Valerie ! Que nous prépares-tu ? Si je t'envoie en

reportage pour couvrir un événement, j'aimerais qu'il en soit question dans ton article !

— Il en sera question, rassure-toi. Ce que je prépare te plaira beaucoup.

— Je suis assez grand pour savoir ce que je veux sans ton aide, ma petite ! Je veux que mes reporters exécutent mes ordres ! J'aurais dû me méfier de toi. Tu as changé en cours de route, pas vrai ? Tu t'es intéressée aux gens qui t'entouraient plutôt qu'à l'événement lui-même ? Qui as-tu ramené dans tes filets cette fois ? Quel nom célèbre vas-tu m'offrir pour me faire oublier l'article que tu étais censée écrire ?

Elle hésita. Elle se sentait au bord de l'irréparable. Une fois qu'elle aurait prononcé ce nom, elle ne pourrait plus revenir en arrière.

— Charles Rissom, dit-elle dans un souffle.

John en resta sans voix. Elle l'imaginait très bien au bout du fil : son esprit devait travailler à toute vitesse, il réorganisait son sommaire en fonction de l'article-vedette, modifiait la couverture, cherchait un titre accrocheur.

— Il sait qui tu es ? Il est d'accord pour l'interview ?

— Non.

— Ah !

Quelques instants passèrent. Puis :

— D'accord, Valerie, vas-y. Tu ne rencontreras pas deux fois semblable occasion.

— Je le sais, oncle John.

— Sois prudente, petite fille. Avec cet homme-là, il ne faut pas se tromper.

Il ajouta quelques mots affectueux avant de raccrocher. Elle s'apprêta rapidement, se glissa dans une robe d'été qui découvrait ses bras et ses épaules, tira ses cheveux en queue de cheval au sommet de la tête. Elle se regarda dans le miroir et son image l'amusa. Elle avait l'air d'une fille très jeune que nul soucis ne tourmente...

— Valerie !

Jacob courait derrière elle pour la rattraper. Il arriva en haut de la côte tout essoufflé.

— Valerie ! Je vous ai cherchée partout !

— Je viens d'arriver, Jacob. J'ai dormi toute la matinée !

Le soleil implaccable de midi avait déjà produit son effet : des petites mèches folles s'échappaient de sa queue de cheval pour venir boucler dans la moiteur de son cou. Jacob en releva une, délicatement.

— Je vous ai cherchée hier soir. Vous n'étiez pas dans votre chambre, s'écria-t-il, un reproche dans la voix.

— J'ai pris ma voiture et je suis allée me promener. J'avais besoin d'air.

— Oui, je comprends.

Il passa un bras autour de ses épaules.

— Il faut que je vous parle, dit-il sans la regarder. Je dispose d'une heure avant la Parade des Etalons. Pouvons-nous déjeuner ensemble ?

— Je vous suivrai au bout du monde pourvu qu'il y ait l'air conditionné !

Ils redescendirent la colline en direction du restaurant de l'endroit. Ils s'installèrent dans un coin relativement calme. Ni l'un ni l'autre n'était en grande forme : Valérie avait le cœur lourd, et Jacob paraissait tendu, inquiet.

Elle sourit aux yeux bleu pervenche, et se dit une fois de plus que cet homme avait décidément bien du charme.

— Cela ne vous ressemble pas d'être aussi sérieux, Jacob. Quelque chose vous tourmenterait-il ?

Il soupira à fendre l'âme, et dit brusquement :

— Je voudrais vous épouser.

Comme elle ouvrait la bouche pour répliquer, il l'arrêta net.

— Non ! Ne dites rien. Ecoutez-moi d'abord... Ce n'est pas que je n'aie jamais pensé au mariage, commença-t-il en regardant fixement la table, mais jusqu'à hier, je ne pouvais pas évoquer cette idée sans me tordre de rire. Jacob Lancer, marié ? C'était parfaitement ridicule.

Une mèche de cheveux blond paille lui barra le front. Avec infiniment de gentillesse, Valerie tendit la main et la remit en place. Il posa sur elle un regard éperdu.

— Et qui plus est, marié à Valerie Kipper ! Le cowboy du Middle West marié à une journaliste de renom international, qui déteste les chevaux ! C'est une image loufoque, non ?

Elle voulut parler, mais cette fois encore, il l'en empêcha.

— Pourtant, quand Charles a lancé cette idée devant tout le monde, hier soir, elle ne me semblait plus aussi ridicule. Elle me paraissait... vraisemblable, et même presque bonne, finalement.

— Presque ?

Il eut un sourire désarmant.

— La perfection existe-t-elle en ce domaine ?

— Peut-être pas, reconnut-elle.

— J'aimerais que vous y réfléchissiez, Valerie. Ceci est une demande de mariage en règle. Je vous avouerai que c'est la première fois que je formule une telle proposition. Si elle vous intéresse, faites-le-moi savoir.

Brusquement, son regard s'assombrit, son expression devint presque sévère.

— Voilà, c'est dit. Je voulais également vous entretenir d'une autre chose qui me tracasse : il s'agit de Charles.

— De Charles ?

— Oui. Avez-vous l'intention de mentionner son nom dans votre article ?

— Je ne sais pas, je... je n'en ai pas décidé encore. Pourquoi ?

— Je vous supplie comme une faveur personnelle, de ne pas le faire.

Elle soupira.

— Vous n'êtes pas en cause, Jacob. Vous ne l'avez aucunement trahi. Lui seul a décidé de me révéler son identité. Il ne saurait vous en vouloir.

— Non, ce n'est pas le problème. Je ne trahirai jamais Charles de propos délibéré, et il le sait. Le problème, ce sont les conséquences de cette révélation : que se passera-t-il lorsque le public connaîtra la double identité de Charles Smith !

— Que se passera-t-il donc, selon vous ?

— Il aura perdu son anonymat. Il ne sera plus question qu'il participe à des événements comme celui-ci. La presse l'assiégerait. C'est un scénario vraisemblable, non ?

— Oui, j'imagine que oui.

— Alors, le laisserez-vous en dehors de tout cela, Valerie ?

Le menton dans la main, elle songeait tristement que son voyage était devenu un tissu de mensonges et de duperies.

— Je ne vous promets qu'une chose, Jacob : je n'imprimerai pas un mot sur Charles Rissom — ou Charles Smith — sans vous le montrer au préalable.

Elle pouvait prendre cet engagement en toute honnêteté. Elle enverrait à Jacob un double de son texte avant publication.

Il lui décerna un sourire charmeur, apparemment satisfait de sa réponse.

— Pourquoi protégez-vous Charles, Jacob ? Vous disiez vous-même qu'il était difficile d'éprouver de l'affection pour lui.

— Vous êtes pourtant la seule à avoir deviné que j'aimais tout le monde, vous ne vous rappelez pas ? Dans le cas de Charles, j'ai vécu de près ses difficultés.

Je crois que j'éprouve encore de la compassion pour le jeune garçon qu'il était.

— Vous *savez* quelque chose de son enfance?

— Quoi de plus normal? Nous fréquentions la même école, dans le Minnesota.

Elle se pencha par-dessus la table.

— Vous étiez à la même école? répéta-t-elle en martelant les mots.

— Mais oui. Pendant douze ans. Qu'y a-t-il de si ahurissant à cela?

Elle se reprit, adopta une attitude plus dégagée.

— Rien, rien. Simplement, je n'avais pas compris que vous vous connaissiez depuis aussi longtemps.

Jacob se pencha vers elle et lui dit sur le ton de la confidence:

— Il a eu une sale période, vous savez. Sa mère est partie quand il était à peine adolescent; à la suite de cela, son père s'est mis à boire et n'a plus cessé. Il en est mort.

— A quelle période était-ce?

— Au cours de la dernière année scolaire. Juste avant les examens. Valerie! Vous vous sentez bien? Comme vous êtes pâle!

Elle porta la main à son front.

— Oh! Ce n'est rien, Jacob. Un petit malaise.

— Restez tranquillement ici un moment, c'est plus prudent. Avec cette chaleur, on risque l'insolation dehors.

Il regarda sa montre.

— Il faut que j'aille travailler. Vous êtes sûre que tout va bien, Valerie? Je peux vous laisser sans inquiétude?

— Absolument. Je vous retrouverai aux écuries après la parade, d'accord?

Elle se contint jusqu'à ce qu'il eût disparu. Puis elle tapa du poing sur la table, plusieurs fois. Ainsi, il s'était joué d'elle! La petite comédie de ses prétendues relations avec Jacob n'était rien auprès de l'histoire incroyable qu'il avait osé inventer ! Le fils de Martin Vasslar ! Mais pourquoi ? Pourquoi ? Elle se remémorait ses beaux discours sur l'honnêteté. Le fourbe, le menteur ! Il avait joué avec sa sensibilité, avec ses nerfs !

Rétrospectivement, elle frissonna de peur : dire qu'elle avait été si près d'imprimer cette histoire ! Rissom aurait été en droit de la poursuivre en justice, ainsi que la revue. Sa crédibilité de journaliste aurait été détruite, sa carrière ruinée.

Elle serra les lèvres. Sa résolution de vengeance se trouvait renforcée. Elle sortit de son sac un carnet et un stylo, et se mit à écrire frénétiquement. Sa plume courait ; à peine si elle s'interrompait de temps à autre pour boire une gorgée de son thé.

Une heure plus tard, elle se renversa dans son fauteuil, épuisée mais satisfaite. Le fait d'écrire avait presque apaisé sa fureur. Elle s'étira, rangea ses affaires et quitta l'atmosphère fraîche du restaurant pour la fournaise extérieure.

En approchant de la piste, elle vit Rissom de dos. Il portait pour tout vêtement un short de compétition. Bien que beaucoup de spectateurs aient pris cette liberté en raison de la chaleur suffocante, il était étrange de voir Charles Rissom aussi sommairement habillé. Sous les tenues élégantes qu'il portait d'habitude, elle avait été incapable d'imaginer son corps.

Il s'appuyait nonchalamment à la barrière qui entourait la piste. Cette posture mettait en valeur ses longues jambes, son torse musclé. Il avait l'air plus jeune ainsi, se dit Valerie. Elle regarda le vent jouer dans ses cheveux rebelles.

— Vous êtes nettement moins intimidant comme ça !

Il se retourna d'un bloc, mais se remit vite de sa surprise.

— Il m'est arrivé de penser la même chose à votre sujet, voyez-vous.

Pour cacher l'embarras que provoquait en elle cette allusion, elle se pencha sur la barrière, observa la piste vide.

— Quand les réjouissances commencent-elles ?

— Bientôt. Je monte Sheikh pour une exhibition spéciale, en costume. C'est ce qui vous vaut le plaisir de me voir dans cet équipage qui vous trouble tant.

— Cela ne me trouble pas du tout ! Je m'étonne seulement que cela ressemble si peu à un costume d'équitation !

— C'est que ce n'est pas le costume ! C'est ce que je porte *sous* le costume !

Il reprit son sérieux, posa la main sur le bras de la jeune femme.

— Valerie, regardez-moi.

Elle obéit, sensible à la prière qui perçait dans sa voix. Elle remarqua qu'il avait les traits un peu tirés, des cernes sous les yeux qui dénotaient le manque de sommeil. Il lui plaisait de penser que lui aussi avait passé une nuit sans sommeil. En revanche, il lui déplaisait fortement de constater que le simple contact de sa main sur son bras la bouleversait. Et ceci, en dépit de la façon dont il l'avait traitée, de son mépris, de sa perfidie, de son rejet, en dépit de sa propre incertitude sur les sentiments qu'il lui inspirait. Pourtant, c'était un fait : il la troublait, rien qu'en lui effleurant le bras.

Il la maintenait sous le feu de son regard, comme s'il s'évertuait à chercher une réponse qu'il savait ne pouvoir obtenir. Il soupira.

— Avez-vous bien dormi ?

Elle sut d'instinct qu'il avait préposé d'autres mots.

— Aussi bien que vous, je suppose.

— Alors, vous n'avez pas dormi du tout.

Que répondre à cela ? Elle se tut.

— Assisterez-vous à la vente, en fin d'après-midi ?

Elle examinait la main posée sur son bras, ressentait

les ondes que cette main propageait dans son corps, et ne pouvait plus penser à rien d'autre.

— Quelle vente ?

— Celle des dix juments.

Visiblement, les paroles ne l'atteignaient pas. Elle se reprit soudain, dégagea son bras.

— Vous disiez ? Pardonnez-moi, j'étais distraite.

Il sourit à ces yeux candides, à cette queue de cheval qui lui donnait l'air enfantin, à l'éclat presque translucide de sa peau sous le soleil ardent.

— En tout cas, dit-il à mi-voix, malgré tout ce qui nous sépare, physiquement nous sommes très loin d'être indifférents l'un à l'autre. Ni vous ni moi ne pouvons nous le cacher.

— C'est déjà une forme d'honnêteté, non ?

— Peut-être la plus importante.

Il posa sa main sur la taille de sa compagne. Elle eut vaguement conscience de la pression légère de ses doigts contre son dos. Elle sentait que leurs corps se mouvaient l'un vers l'autre, sans qu'elle puisse dire si c'était lui qui s'approchait, ou bien elle. Elle voyait les yeux de Charles se fermer à demi, ses lèvres s'entrouvrir ; elle faisait de même, sans le savoir.

Le temps s'était arrêté. Quand elle entendit le tonnerre, cela lui parut parfaitement naturel. N'était-ce pas le tumulte de son cœur, le torrent de ses émotions qui se manifestaient ainsi ?

Ce n'était pas le tonnerre. C'étaient les applaudissements de la foule. Ce fut comme si elle avait été arrachée brutalement à un rêve délicieux. Pendant quelques mortels instants, elle crut que cette foule les applaudissait. Elle devint cramoisie, s'écarta brusquement et regarda fixement la piste. Le premier cheval venait d'entrer. Les applaudissements n'étaient destinés qu'à lui.

— Vous n'aviez pas le droit ! s'écria-t-elle à l'intention de Charles. Pas ici !

Il se plaça de façon à lui parler dans l'oreille, sa poitrine nue contre le bras de Valerie.

— Le droit de quoi? De vous toucher? De vous regarder?

— Vous savez parfaitement qu'il s'agissait de tout autre chose.

Il lui prit doucement le menton, tourna son visage vers lui.

— Oui, il s'agissait de tout autre chose, Valerie. Pour vous, et pour moi. Mais pour personne d'autre. Personne ici n'a rien vu. Qu'y avait-il à voir? Deux personnes attendant ensemble le début de la manifestation. Le reste était privé. Rigoureusement privé.

Elle fronça les sourcils. Se pouvait-il que personne n'eût remarqué ce qui se passait entre eux? Elle jeta un coup d'œil sur les visages qui les entouraient : tous les regards sans exception étaient fixés sur les chevaux qui galopaient autour de la piste. Personne ne songeait à les observer.

— Vous voyez bien? triompha-t-il. Sachez que j'ai toujours raison, demoiselle!

Il passa délicatement son pouce sur les lèvres de Valerie, en guise d'au revoir. Puis il se perdit dans la foule.

Elle regarda toute la course sans rien en voir. De temps à autre, elle examinait son bras, à l'endroit où il avait posé sa main, et était étonnée de ne rien y trouver... une brûlure, par exemple.

Elle leva les yeux et vit Jacob approcher. Il portait deux grands verres pleins qu'il tenait au-dessus de sa tête pour éviter la bousculade. Comme Charles, il était vêtu d'un short, ce qui suscita l'enthousiasme de certaines adolescentes qui se mirent à crier. Valerie jugea qu'elles avaient bon goût : il était beau comme un dieu grec.

Jacob arrivait, lui tendait un verre.

— Vous êtes superbe, Valerie.

— Et vous, vous êtes d'une beauté confondante ! Je ne comprends pas comment je ne suis pas éperdument amoureuse de vous.

— Cela viendra peut-être. Chaque chose en son temps.

Il souriait encore, mais ses yeux étaient graves.

Oui, songeait-elle, pourquoi n'était-elle pas amoureuse de ce garçon si charmant, si gai, si attentionné — et si beau ? Si seulement elle le *pouvait !* Ce serait tellement merveilleux d'aimer un homme visiblement amoureux d'elle, sans ombres, sans conditions, sans mystère ! Ce serait facile...

Perdue dans ses pensées, elle n'avait pas conscience d'être observée.

— Pardon, Jacob, j'étais ailleurs. Merci pour la limonade.

Elle but avidement.

— Ah ! c'est délicieux. Merci, Jacob. Vous devinez toujours ce dont j'ai besoin.

— Cela compte, vous savez ?

Le sourire de la jeune femme s'éteignit tandis qu'elle considérait le visage de Jacob. Ouvert, sincère ! Avec lui, toutes les situations étaient claires. Cela aussi était important.

— Vous avez attrapé un coup de soleil, Valerie.

— Suis-je ridicule ?

— Non, voyons ! Vous ne l'êtes jamais.

Il y eut un brouhaha à l'autre extrémité de l'arène : la deuxième partie du spectacle commençait.

— Elle sera courte, précisa Jacob. Trois entrées seulement.

Il s'éclaircit la gorge, l'air embarrassé.

— Je vous ai aperçue en conversation avec Charles.

Elle ne trouva rien à répondre.

— Il a un effet particulier sur les femmes, reprit Jacob.

— C'est un homme très particulier.

97

Elle s'interrompit, furieuse de se sentir aussi empruntée.

— Il m'a dit qu'il montait Sheikh dans la course suivante, c'est cela ?

Il acquiesça sans la regarder.

— Je ne sais pas pourquoi il a accepté. Personne n'a monté Sheikh depuis que je l'ai emmenée de la ferme, l'hiver dernier.

— C'est dangereux ?

— Un étalon peut toujours se montrer dangereux, s'il n'est pas en des mains expertes.

Valerie se rembrunit. Ces paroles l'inquiétaient. Jacob l'inquiétait aussi. Il paraissait sombre, tendu. Elle lui toucha le bras, le sentit frémir à ce contact.

— Jacob ?

Il tourna vers elle un regard qui l'étonna, triste, presque amer.

— Ils pensent tous que nous sommes fiancés, n'est-ce pas ? dit-elle en désignant la foule d'un mouvement du menton.

— Oui.

— Personne ne s'étonnerait donc que vous embrassiez votre fiancée ?

— Non.

Il ne fit aucun geste vers elle. On entendit le présentateur annoncer la course suivante.

— Alors, qu'est-ce qui vous retient, Jacob ?

Les yeux du jeune homme étincelèrent. Il lui saisit les deux bras, en un geste brusque, presque brutal. Ses lèvres tremblaient. Il les posa sur les siennes, et elle résista à l'impulsion qui l'incitait à s'écarter, à fuir. Aucune magie n'opéra, ses lèvres ne s'émurent pas. Leur baiser ne fut que le contact purement mécanique de deux bouches, rien de plus. Elle se voyait agir comme s'il s'agissait d'une autre.

De la foule une rumeur monta, s'enfla, devint un véritable chahut ; des centaines d'yeux les guettèrent, les encouragèrent, à grand renfort de cris, de sifflets et d'applaudissements.

Jacob réagit comme s'il s'agissait d'une performance : il la serra de plus en plus fort dans ses bras, lui écrasa littéralement les lèvres. Embarrassée, elle voulut le repousser : en vain. Elle se sentit totalement prise au piège, fit des efforts désespérés pour se libérer. Lorsqu'il la lâcha enfin, elle tremblait ; elle était cramoisie, affreusement gênée. Le tonnerre d'applaudissements qui salua leur séparation augmenta encore son embarras. Elle aurait dû prévoir que le baiser de Jacob constituerait à lui seul tout un spectacle. Elle était furieuse contre elle-même. Elle avait voulu tester ses réactions, voir si un autre homme pouvait la troubler autant que Charles. Non seulement l'expérience avait complètement échoué, mais elle avait été contrainte de se donner en spectacle, ce qu'elle détestait.

A côté d'elle, Jacob rayonnait. Elle se détourna et contempla obstinément la piste. De l'arène poussiéreuse, son regard absent se porta sur la pente verdoyante qui s'arrondissait de l'autre côté et se posa, fasciné, sur la grande silhouette qui se tenait immobile en son sommet.

C'était un homme drapé de volumineuses tuniques blanches qui flottaient au vent. Dressé noblement sur son cheval magnifique, il avait fière allure. Il regardait vers le bas, un point situé loin devant lui, de l'autre côté de l'arène. On ne pouvait distinguer ses traits à une telle distance ; cependant, son port de tête altier, son attitude royale ne laissèrent aucun doute à Valerie : cet homme était Charles Rissom.

Elle n'avait pas besoin de voir ses yeux pour savoir qu'il la regardait. Lui n'avait pas besoin de croiser son regard pour avoir la même certitude.

Ainsi, à des centaines de mètres de distance, sous ce regard qu'elle ne voyait pas, elle ressentit ce frémissement incontrôlable qu'elle avait éprouvé un peu plus tôt en présence de Charles Rissom. Cette excitation de ses sens, elle avait follement espéré que Jacob saurait la susciter en elle : elle s'était trompée.

Le présentateur annonça quelque chose qu'elle entendit sans comprendre. Alors l'homme et le cheval se mirent en mouvement.

Sheikh descendit la pente au petit galop ; manifestement, le bruit ambiant et les costumes encombrants dont lui et son maître étaient revêtus le gênaient. Il entra sur la piste au galop. Le regard de Charles n'avait pas quitté la mince jeune femme qui était le centre de son attention.

Le cheval commença à galoper dans l'arène à une vitesse vertigineuse ; il venait vers elle. Il semblait à Valerie que le grondement forcené des sabots était le battement même de son propre cœur.

Le corps du cheval était couvert d'un manteau blanc et or qui ne laissait visibles que sa tête et sa queue en panache. Charles portait un long vêtement coupé dans le même tissu, dont les pans flottaient derrière lui ; sa tête était prisonnière d'une sorte de heaume qui la recouvrait entièrement, à l'exception des yeux. Valerie reçut son regard en plein cœur.

Hypnotisée, elle fixait ce cavalier et sa monture, sans voir que d'autres cavaliers étaient entrés dans l'arène, sans entendre les exclamations de la foule lorsque deux chevaux s'approchaient dangereusement l'un de l'autre. Elle voyait un seul cheval, un seul cavalier. Elle éprouvait dans son sang la vitesse incroyable de leurs évolutions, comme s'ils étaient une projection d'elle-même.

Personne autour de la piste ne pouvait rester indifférent à l'appel rythmé des sabots heurtant sourdement la terre. La scène était prenante et superbe : les cavaliers semblaient voler dans leurs costumes éblouissants, dont l'éclat métallique accrochait la lumière intense du soleil.

C'était bien ainsi qu'il fallait admirer le cheval arabe :

bondissant dans le sable brûlé de soleil, filant comme le vent, libre. En voyant Sheikh et son cavalier revenir vers elle au terme de leur course, Valerie sut qu'ils lui donnaient tous deux l'image véritable de leur nature profonde : fière, vaillante, indépendante.

Bien après que les chevaux eurent quitté la piste, le cœur de la jeune femme continua à battre sauvagement. Même le tonnerre des applaudissements ne suffit pas à couvrir son tumulte. Fixant la piste d'où montait un nuage de poussière, elle ne sentit même pas que Jacob lui touchait l'épaule. Mais son instinct l'avertit de la présence de ceux qu'elle attendait. Elle se retourna brusquement et vit Sheikh un peu à l'écart. Le sourire extasié, le regard ébloui, elle s'avança vers lui.

Le cheval, que son cavalier contenait difficilement, avait les narines distendues par la force de sa respiration, son cou s'arquait puissamment, sa queue battait l'air comme un drapeau. Vivement, Jacob se plaça entre Valerie et l'animal, visiblement très nerveux.

Elle repoussa doucement Jacob. Elle riait tout bas, comme enivrée. Elle s'approcha sans peur des sabots qui caracolaient. Elle prit entre ses mains la tête du cheval et frotta le museau fumant. Elle leva les yeux vers Charles. Ni elle ni lui ne prononcèrent un mot. Simplement, il vit dans son regard l'hommage muet qu'elle lui rendait ; il y lut l'émerveillement, la gratitude, l'abandon. Et ils surent qu'ils se comprenaient.

Jacob, lui, ne comprenait pas : il suivait la scène, les sourcils froncés, stupéfait que Valerie manifeste un tel élan envers le cheval, au point de le caresser si tendrement. Il se tenait à ses côtés, sur le qui-vive, prêt à la défendre en cas de danger.

Valerie ne le vit même pas. Elle avait les yeux rivés à ceux de Charles. Ce dernier ôta le tissu qui lui couvrait la bouche. Lui non plus ne semblait pas se rendre compte de la présence de Jacob. Lorsqu'il se décida enfin à parler, il s'adressa à Valerie sur un ton un peu solennel.

— Il y a un siècle, au pays où ces chevaux sont nés, je vous aurais enlevée sur ma monture, et nous nous serions enfuis au galop dans les sables. Rien n'aurait compté sinon le désir que j'ai de vous.

Jacob resta interdit, incapable d'esquisser un geste ou d'articuler un mot. Il regardait Charles, fièrement campé sur sa monture, et semblait frappé par la foudre.

Après un long moment de tension extrême, il prononça d'une voix étrangement basse :

— J'ai l'intention de l'épouser, Charles.

Charles tourna la tête vers lui, très lentement, comme s'il avait eu peine à s'arracher à la contemplation de Valerie. Il considéra Jacob avec une bienveillance plus effrayante que tous ses déchaînements.

— Oui, je le sais, Jacob.

Il tourna bride, et partit au galop.

8

Tout était clair désormais dans l'esprit de Valerie. Elle n'avait plus aucun doute sur la conduite à tenir.

Elle n'écrirait pas d'article sur Charles Rissom. Peut-être même n'écrirait-elle rien sur le Grand Prix d'Egypte. Que sa collaboration à *La Voix de l'Amérique* se poursuive ou non lui semblait de peu d'importance. Elle avait tant d'autres choses en tête ! Pour le moment, elle ne voulait plus penser qu'au présent.

Tout à l'heure, elle accompagnerait Jacob à la vente. Après les enchères, elle irait trouver Charles et elle lui parlerait. Elle lui avouerait tout : qui elle était, quel article elle avait projeté d'écrire, et comment elle avait compris que l'homme valait mieux que tout le reste.

Elle lui dirait qu'elle savait à quoi s'en tenir sur le fils de Martin Vasslar ; elle savait que son histoire était fausse, et cela lui importait peu. Ils s'étaient menti l'un à l'autre, ils en riraient ensemble. Ils étaient maintenant bien au-delà de telles mesquineries.

Elle chantonnait en se préparant, le cœur heureux. Que d'émotions en elle ! Elle s'arrêta pour les écouter.

Jamais elle n'avait ressenti une telle paix. Une certitude l'habitait. Tout était transfiguré. Ses cheveux n'avaient jamais lui d'un tel éclat, ses yeux étaient infiniment plus brillants que d'habitude, et son cœur le plus léger du monde. Elle éclata de rire à sa propre naïveté, pirouetta devant le miroir avec une superbe grimace, rit de plus belle.

Elle avait revêtu un ensemble de soie bleu glacier tel que les danseuses égyptiennes auraient pu en porter, du moins se plaisait-elle à l'imaginer. Avec ses pantalons larges resserrés aux chevilles et sa blouse vaporeuse, il avait un parfum d'Orient.

Charles... Elle savait qu'il éprouvait les mêmes émotions qu'elle. Son ancienne peur qu'il la rejette était bien morte. Ainsi qu'il l'avait dit, ils ne pouvaient pas se cacher l'un à l'autre ce qu'ils ressentaient. Ce soir, ils ne se cacheraient plus rien.

Tout à l'heure, devant l'arène, elle avait su qu'elle lui appartenait, aussi sûrement qu'il lui appartenait. Tout le reste dans leurs vies ne serait qu'incidence.

Les soirées du Kentucky faisaient oublier la chaleur implacable des journées. Elles exaltaient la senteur des arbustes en fleurs, le chèvrefeuille en particulier.

Valerie et Jacob se promenaient dans le parc. Leur flânerie les amena jusqu'à un espace verdoyant situé derrière le Centre d'Informations. Une gigantesque tente bleue était plantée là, entourée de tentes beaucoup plus petites de toutes les couleurs, disséminées sur la pelouse.

De petits groupes arrivaient sans se presser. Bien que les festivités ne fussent prévues que plus tard, il régnait déjà une atmosphère de fête, très gaie, très élégante. Bientôt il y eut un flot continu d'invités, un va-et-vient incessant entre les différents groupes.

Des barmen compassés servaient à boire dans deux des petites tentes. Jacob disparut dans l'une d'elles et revint avec une coupe de champagne dans chaque main. Ils trinquèrent joyeusement. Quand ils eurent vidé leurs coupes, Valerie insista pour lui en offrir une autre. Ce soir, elle était d'humeur faste.

— On ne paie rien ici, Valerie. Aujourd'hui, tout est offert gracieusement.

— Jacob, c'est impossible ! Des centaines de gens se pressent ici, et d'autres vont arriver ! La note serait astronomique !

Il fit signe à un serveur qui passait et remplit immédiatement leurs verres.

— Vous voyez bien ! Dans le métier, on ne fait rien à moitié, ma chère.

— Combien y a-t-il d'invités ?

Jacob se mit à rire.

— Pas besoin d'invitation, répondit-il. Tous ceux qui aiment les chevaux sont les bienvenus. Certaines de ces personnes sont de simples touristes. Ils ont visité le parc cette semaine et entendu parler de notre réception.

— Vous recevez tous ceux qui se présentent ? Cela doit coûter une fortune !

— Pas du tout, c'est de la publicité. Tous ces gens nous quitteront avec la certitude que nous sommes les hôtes les plus généreux et les plus riches du monde. En plus, ils auront raison... Je crois que j'aperçois Charles, là-bas. Voudrez-vous m'excusez quelques minutes ? J'aimerais lui parler de l'une des juments.

Valerie se mit que la pointe des pieds pour essayer d'apercevoir Charles ; en vain.

— Allez-y, Jacob. Je vous attends ici.

Elle préférait le revoir seule, sans la présence de Jacob. Ce qu'elle avait à dire à Charles ne concernait que lui. Elle se rappela en souriant sa phrase favorite : « C'est du domaine privé ». Elle comprenait à présent ce qu'il entendait par là. Plus que de sombres secrets, il voulait préserver ce qui lui importait le plus : les créatures qu'il chérissait, les sentiments trop précieux pour qu'il les partageât avec le reste du monde.

Un serveur remplit sa coupe. Le champagne augmentait encore son euphorie. Elle était amoureuse de Charles Rissom, le monde était merveilleux ! En attendant le retour de Jacob, elle s'amusa beaucoup à observer les gens qui l'entouraient.

Charles Rissom buvait son whisky à petites gorgées, l'air pensif.

— Vous devriez acheter cette jument, lui conseillait Jacob.

— Ce n'est pas une beauté.

— C'est vrai, mais elle en vaut au moins trois.

— Qu'est-ce qui vous fait l'affirmer?

— Harold Perton a visité la ferme un peu avant moi. Il la veut.

— C'est une référence. Harold Perton connaît ses chevaux. Je pense que nous pouvons nous y risquer. Voyez-vous autre chose avant que nous n'entrions? La vente va bientôt commencer.

Jacob soupira, hésita, et se lança brusquement.

— Je voulais vous parler de Valerie. Je l'ai demandée en mariage aujourd'hui.

Charles regarda obstinément le fond de son verre.

— A-t-elle accepté?

Jacob mit un moment à répondre.

— Pas encore. Mais elle acceptera.

Charles leva les yeux sur le visage confus de Jacob. Que ce garçon était naïf! Qui pouvait lui vouloir du mal?

— Vous l'aimez, Jacob?

— Bien sûr! Elle est... beaucoup mieux que ce que vous croyez, Charles. Elle n'est pas comme les autres, toutes celles que j'ai connues. Si vous étiez mieux disposé envers elle, vous l'aimeriez, j'en suis sûr.

Il contempla attentivement la pointe de ses souliers.

— En tout cas, je sais qu'elle, elle vous aime beaucoup.

— Pourquoi éprouvez-vous le besoin de me confier tout ceci, Jacob?

Il baissa la tête, soupira.

— A cause de ce que vous lui avez dit cet après-midi... que vous pourriez l'enlever si vous en aviez envie. Ce n'est pas son genre, vous savez. Vos paroles l'ont certainement offusquée.

Charles se mit à rire sans bruit. Il s'arrêta en voyant les yeux de Jacob lancer des éclairs.

— Pardonnez-moi, Jacob. Ce n'est pas de vous que je riais. De moi-même, peut-être, mais sûrement pas de vous. Si vous interrogez Miss Smith, elle vous répondra très certainement que mes propos ne l'ont pas offensée. Je crains que vous ne regardiez pas la réalité en face.

— Vous vous trompez.

— Interrogez-la, Jacob. Et réfléchissez bien à votre proposition de mariage. Si elle accepte, fuyez comme le vent.

Jacob en resta bouche bée de stupéfaction. Charles était déjà parti.

Valerie vit revenir un Jacob très sombre, le visage fermé. Il ne lui rendit pas son sourire.

— Allons! ordonna-t-il en lui saisissant le bras. Ils vont bientôt commencer.

La brusquerie de son geste et sa soudaine morosité étonnèrent Valerie.

— Que se passe-t-il, Jacob? Vous n'avez pas pu parler à Charles?

— Si, si. Nous le retrouverons à la vente.

— Jacob, qu'est-ce qui vous tracasse? Vous ne partagiez pas les mêmes vues?

— Heu... non, justement. Pour une fois, nous ne sommes pas d'accord.

Ils entrèrent dans la tente. Jacob ignora les appels amicaux des spectateurs déjà installés, ce qui surprit encore plus Valerie. Jacob n'était pas homme à négliger son public. Elle lui jetait de fréquents coups d'œil, inquiète. Il demeurait taciturne, sévère, presque hostile.

A l'usage des éleveurs, on avait installé une rangée de

boxes privés. Celui qui était réservé au nom de Rissom était vide. Jacob conduisit Valerie jusqu'à un siège situé à l'extrémité de la première rangée. Désappointée, elle comprit qu'il comptait s'asseoir entre elle et Charles. Qu'importait, après tout ? La vente ne durerait pas très longtemps. Leur heure viendrait.

Peu à peu, la nuit était tombée. Les lumières paraissaient plus brillantes. Le fond de la tente était occupé dans toute sa largeur d'une estrade richement décorée et abondamment fleurie. Une allée étroite contournait l'estrade et rejoignait l'allée centrale qui passait à côté de l'endroit où Valerie était assise. Placée comme elle l'était, elle ne perdrait rien du spectacle.

Elle se pencha vers Jacob.

— Est-ce par là qu'on amène les chevaux ?

Jacob n'avait pas entendu. Il était absorbé dans sa contemplation. Elle suivit la direction de son regard, et arriva jusqu'à Charles. Elle eut l'impression que la joie qui la transfigurait éclatait aux yeux de tous ; en fait, elle ne se manifestait que par le sourire qui relevait légèrement le coin de ses lèvres.

Entièrement vêtu de noir, il se distinguait des gens qui l'entouraient comme un prince des ténèbres : plus grand, plus mince, ombrageux au milieu de la gaieté générale. Il ne décernait que de brefs sourires à ceux qui se pressaient pour le saluer. Il traitait tout le monde avec la même courtoisie glaciale. Valerie vit s'approcher de lui un petit homme trapu au costume élimé ; elle fut très surprise de voir Charles l'accueillir chaleureusement, avec un plaisir non dissimulé.

— Qui est ce monsieur avec qui discute Charles ? demanda-t-elle à Jacob.

Ce dernier prit un air contrarié.

— Mickey Hart, un petit éleveur du Minnesota. Il possède deux juments, et il n'a pas le sou. Cette année, Charles lui a prêté Sheikh pour ses deux juments. Gratuitement.

Le ton de Jacob indiquait clairement qu'il désapprouvait cette initiative.

— Ah oui ? Et pourquoi ?

— Si je le savais ! grogna Jacob. Demandez-le-lui, vous !

Charles prit congé de son interlocuteur et se dirigea vers le box, le visage encore souriant. Son regard rencontra brièvement celui de Valerie, comme pour vérifier qu'elle se trouvait là. Il ne lui dit pas un mot, s'assit près de Jacob en adressant à la jeune femme un simple signe de tête.

— Valerie se demandait pour quelle raison vous ne faisiez pas payer à Mickey Hart les saillies de Sheikh, lui demanda aussitôt Jacob, ravi du prétexte. Je pense qu'il est préférable que vous le lui expliquiez vous-même ?

Charles les regarda l'un après l'autre, mais adressa sa réponse au seul Jacob.

— Je vous l'ai dit dix fois déjà : parce que Mickey Hart possède une jument de toute beauté, et que son croisement avec Sheikh produira une merveille.

— L'argument ne tient pas, Charles, et vous le savez ! Les produits de Sheikh sont tous plus remarquables les uns que les autres ; il n'a pas besoin de la jument de Mickey Hart pour faire ses preuves de géniteur !

— Peut-être, répondit Charles tranquillement. Toujours est-il que c'est ainsi.

Jacob se renfrogna, le visage rouge de colère. Valerie ne comprenait rien à son accès d'hostilité. Elle adressa à Charles une mimique interrogative.

— Pour la jument de Mickey, lui expliqua-t-il, Sheikh a dû rester une semaine de plus à la ferme, ce qui lui a fait manquer un concours. Il semble que Jacob l'ait très mal pris.

— Un concours ! maugréa Jacob. Il s'agissait du plus important concours de tout l'Ouest ! Il nous aurait rapporté au moins cinquante contrats !

Charles sourit avec indulgence.

— Ne soyez pas trop triste, Jacob, vous aurez encore l'occasion de jouer les vedettes.

Jacob fulminait, il allait faire un éclat, c'était certain. Heureusement, le commissaire-priseur choisit ce moment pour adresser au public quelques recommandations. Bon gré mal gré, Jacob reporta toute son attention sur l'estrade.

Après le discours du commissaire, qui parut interminable tant l'impatience du public était grande, on amena enfin la première jument. L'homme qui la tenait en bride la fit passer en premier lieu devant le box de Charles Rissom. Valerie observait la physionomie de Charles et de Jacob. Il était totalement impossible d'y lire la moindre réaction : ils étaient impassibles l'un et l'autre.

Les enchères commencèrent à cinquante mille dollars et grimpèrent rapidement jusqu'à cent vingt-cinq mille dollars. Le marteau s'abattit à l'instant précis où le commissaire criait : « Vendu ! ». Valerie chuchota à Jacob :

— Cela va terriblement vite ! Et c'est complètement ridicule ! Comment un cheval peut-il valoir cent vingt-cinq mille dollars ?

Jacob avait complètement oublié sa mauvaise humeur. Il expliqua :

— Les acheteurs ne sont pas encore en train. C'est pourquoi le prix est si bas.

Elle écarquilla les yeux de plus belle ; elle surprit le coup d'œil amusé que lui lançait Charles.

On apporta au nouveau propriétaire une douzaine de roses rouges. Valerie se retint d'éclater de rire : c'était le bouquet le plus cher qu'elle eût jamais vu.

Elle observa la présentation des huit juments suivantes avec un intérêt grandissant : qu'est-ce qui leur conférait une telle valeur ?

— Le pedigree, répondit Jacob, consulté sur ce point. Ce sont de vrais pur-sang arabes. Il y en a moins de deux mille dans le monde entier. Leur rareté les rend extrêmement chers.

La seconde et la troisième jument atteignirent deux cent mille dollars chacune. Ce fut un obscur sénateur d'un Etat du Sud qui les enleva. Il avait ravi l'assistance par son enthousiasme à surenchérir. La vente se poursuivit sans surprise. Ce qui stupéfiait Valerie, c'était moins la beauté des animaux que leur prix. Enfin, on annonça la dernière jument.

— Et maintenant, mesdames et messieurs, la dernière offre de la soirée : Bint Alshamse, autrement dit Fille du Soleil.

La jument avança prudemment sur l'estrade, refusa de trotter malgré les sollicitations pressantes de son entraîneur.

— Elle a onze ans, mesdames et messieurs. Elle est manifestement peu habituée aux projecteurs, mais c'est une poulinière de premier ordre.

Un murmure de désapprobation courut dans l'assistance. Il était tout à fait inhabituel en ce lieu de voir un cheval refuser de s'exhiber. Tout de même, la jument consentit à avancer d'un pas ; elle se trouvait ainsi dans le cercle brillant du premier projecteur.

Valerie eut un coup au cœur ; elle se pencha, les yeux rivés à l'animal.

La jument cligna des paupières sous la lumière trop vive ; puis elle s'y accoutuma, et promena un regard défiant sur le public. Elle avait des yeux noirs, incroyablement grands sur la tête finement ciselée, élégante, à l'expression étonnamment intelligente.

Ne pouvant obtenir mieux d'elle, le jeune homme l'emmena vers la sortie. Elle levait ses pieds délicatement, comme si la sciure était une matière indigne d'eux. Elle partit la tête haute, précautionneusement, insoucieuse des réprimandes de son entraîneur. La foule manifesta sa sympathie à ce dernier pour l'affront qu'il avait dû subir ; Valerie, elle, n'avait d'yeux que pour le cheval. Elle s'était tellement inclinée en avant que sa chaise tenait en équilibre sur deux pieds.

Elle ne savait pas que la jument ne correspondait pas aux canons esthétiques qu'exigeait la perfection : qu'elle avait le corps trop long, la croupe trop haute. L'eût-elle su qu'elle s'en serait éperdument moquée ; elle n'avait été sensible qu'à la présence de l'animal, son intelligence, sa délicatesse naturelle, toutes qualités perceptibles aussi bien chez les chevaux que chez les humains.

— Valerie ! s'écria Jacob. Attention, vous allez tomber !

Si Valerie ne l'entendit pas, la jument l'entendit. Elle s'arrêta net, juste en face d'eux, tourna la tête lentement. Elle fixa ses yeux sur Valerie, battit des paupières une fois ; il sembla à Valerie qu'un regard d'une sagesse et d'une bienveillance rares l'enveloppait. Inexplicablement, son cœur se serra. La jument se détourna, poursuivit son chemin avec la dignité d'une reine. Les enchères allaient commencer.

Valerie suivit la jument des yeux. Un profond sentiment de tristesse lui serrait la gorge. Elle en avait même oublié la présence de Charles. Mais lui n'avait pas perdu une miette de ce qui s'était passé. Il avait observé la jeune femme avec une intensité non dissimulée. Il se pencha, passant devant Jacob pour lui toucher le bras.

— Valerie, que vaut cette jument, selon vous ?

Valerie sursauta et se rappela qu'elle n'était pas seule.

— Selon moi, elle n'a pas de prix, souffla-t-elle.

Charles sourit.

— C'est ce que je vous avais dit, grogna Jacob.

Le sourire de Charles s'élargit.

Il fut bientôt clair que les enchères se joueraient entre Harold Perton et Charles. Valerie eut peine à contenir son excitation quand elle comprit l'intention de Charles. Elle se mordait la lèvre pour ne pas surenchérir sur Harold Perton.

Les cris d'encouragement fusèrent quand les offres atteignirent trois cent mille dollars. La foule hurla son enthousiasme quand Perton monta à trois cent cinquante mille. Valerie ne vivait plus. Elle entendit Jacob jurer à mi-voix.

Les enchères n'augmentèrent plus ensuite que de cinq mille dollars à la fois. Les centaines de spectateurs suivaient l'épreuve de force, haletants ; toutes les têtes pivotaient ensemble d'un compétiteur à l'autre.

Quand Charles, du même ton imperturbable, annonça la somme de quatre cent cinquante mille dollars, la foule exhala sa stupeur. Perton lança son chapeau de cow-boy sur l'estrade, pour signifier qu'il abandonnait.

— C'est bon, Charles ! cria-t-il. Emmenez-la dans l'antre de Rissom !

Dans le public, ce fut du délire. Un rugissement continu s'éleva. L'annonceur dut hurler dans le micro pour officialiser la vente.

Jacob bondit de sa chaise en poussant des hourras et courut se mêler à la foule qui avait envahi la scène. Il n'y eut que deux personnes pour rester assises tranquillement, et se regarder avec le même sourire de joie complice : Valerie et Charles.

Selon le rituel, on apporta à Charles un bouquet de roses. Il désigna Valerie.

— Donnez-les lui, elles lui reviennent. C'est par elle que tout est arrivé. De droit, le cheval lui appartient.

Valerie accepta les roses.

— Merci, dit-elle, émue.

— Merci à vous, Valerie.

Harold Perton surgit, rouge et transpirant.

— Sacré Charles ! C'est le plus grand moment que j'aie vécu depuis des années !

Il s'empara de sa main et la serra à la broyer. Il adressa un salut désinvolte à Valerie qui ne s'en formalisa pas. Ce soir, aucune mesquinerie de ce genre ne pouvait l'atteindre.

— Eh bien, Charles! hurla Harold. Vous ne me refuserez pas la faveur de jeter un dernier coup d'œil sur cet animal, n'est-ce pas? Si nous nous esquivions de cette foule? Nous pourrions parler du premier poulain de cette jument avec Sheikh, non? Qu'en pense le représentant de Rissom?

— Cela devrait intéresser Charles Rissom, je pense. Très bien, Harold. J'avais d'ailleurs l'intention de repasser par l'écurie. Je vous retrouve dehors dans quelques instants.

Valerie n'avait qu'un seul désir : s'en aller avec Charles. Elle vit cependant que le moment n'en était pas encore venu.

Quand Harold fut parti, Charles se tourna lentement vers elle. Une nouvelle fois, ils furent saisis de cette illusion quasi-magique : la tente, la foule, le bruit, tout avait disparu autour d'eux. Ils étaient seuls, complètement seuls, comme cet après-midi dans l'arène bondée. Il regardait son visage, puis son corps, et elle savait qu'elle lui appartenait.

Soudain, il eut une grimace douloureuse, comme s'il était la proie d'une lutte torturante, qu'elle ne comprenait pas. Ses yeux sombres brûlaient d'une interrogation poignante.

Elle avança la main et toucha son visage. Elle voulait en effacer le tourment. Sa main tremblait en effleurant la joue, la bouche, en lissant le front du bout des doigts. Un instant, il ferma les yeux, serra les paupières sous la douceur de cette main apaisante. Il la saisit promptement, en porta la paume à sa bouche. Il pressa tendrement ses lèvres dans le creux très doux. Puis il lui rendit sa main et se leva vite. Il avait l'air bouleversé.

— Il faut que je parte, dit-il d'une voix rauque.

Il semblait si triste qu'elle s'en étonna. Elle était déçue, bien sûr, mais elle attendrait patiemment quelques instants de plus. Elle mit dans son sourire tout le réconfort qu'elle voulait lui offrir.

— Je sais, Charles. Mais ce n'est pas pour l'éternité.

— Non. Ce n'est pas pour l'éternité .

Il traversa rapidement la tente ; la foule s'écartait devant lui. Valerie quitta sa chaise et sortit à son tour.

Jacob la retrouva comme elle errait, pensive.

— Echangerais coupe de champagne contre bouquet de roses ! Donnez-le-moi, je vais vous en décharger.

Il semblait très gai, et avait les cheveux dans les yeux.

— Ma parole, Jacob ! Vous avez l'air d'un petit garçon !

Il se rembrunit tout à coup.

— Pourtant j'essaie, Valerie, j'essaie de toutes mes forces...

— Vous essayez quoi ?

— D'être plus sérieux, plus... digne.

— Mais pourquoi, grands dieux ? Pourquoi vouloir être plus sérieux ?

Il regarda fixement le sol, comme un enfant pris en faute. Il finit par marmonner :

— Pour ressembler au type d'homme que vous voudriez épouser.

— Jacob ! Mais... ce n'est pas cela, mon cher Jacob !

Spontanément, elle attira à elle la tête blonde et lui posa un baiser sur la joue.

— Jacob... Ecoutez-moi. Vous voulez m'épouser parce que vous *croyez* que je corresponds à votre idéal féminin. En réalité, il n'en est rien. Vous l'avez reconnu vous-même : je vous intimide.

— Mais je surmonterai cela. J'y arriverai, vous verrez !

— Non, Jacob. Vous vous épuiserez à vouloir paraître ce que vous n'êtes pas, et vous serez malheureux.

Avec le pouce, elle effaça gentiment le pli qui barrait le front du jeune homme.

— Il faut rester vous-même, Jacob. Celle qui aura la chance de vous épouser vous aimera pour ce que vous êtes ; d'après ce que j'en ai vu, les candidates ne manqueront pas.

Il releva la tête, posa sur elle ses yeux magnifiques, pleins de tristesse.

— Cher Jacob... Il n'est pas permis d'être aussi beau garçon. Quel dommage que vous ne soyez pas celui qui m'est destiné !

La tristesse disparut instantanément du visage de Jacob, qui s'épanouit en un sourire si désarmant que Valerie éclata de rire.

— Allons, Jacob, avouez que vous êtes soulagé !

Il ne l'avoua pas, mais il passa autour de ses épaules un bras fraternel.

— Je vous aime encore, pourtant.

— Moi aussi, Jacob. De la même façon que vous m'aimez.

Ils déambulèrent parmi la foule, très contents l'un de l'autre ; leur entente s'était renforcée.

Un buffet très abondant avait été dressé. Ils goûtèrent à tout ce qu'ils trouvèrent appétissant. Jacob était redevenu un compagnon fort enjoué, qui buvait, riait et mangeait avec le même entrain.

L'ambiance devint de plus en plus gaie ; les petits groupes fusionnaient bruyamment, le champagne coulait à flots. Valerie s'amusait comme une petite folle ; le temps passa très vite.

En entendant dire qu'il était plus de minuit, elle s'inquiéta soudain. Une conversation, même passionnée, avec Harold Perton, pouvait-elle s'éterniser autant ?

Dégrisée, elle regarda furtivement autour d'elle. Jacob finit par remarquer sa nervosité, qui tranchait sur la joie générale.

— Vous cherchez quelqu'un, Valerie ?

— Oui : Charles.

— Charles? Il est parti, dit Jacob en faisant signe à quelqu'une de ses connaissances.

Elle éprouva une curieuse sensation de vide; l'air lui parut étouffant, le bruit intolérable. Elle s'accrocha à la manche de Jacob.

— Parti? Pour où?

— Voyons... Pour San Francisco, je crois. Son avion a décollé...

Il consulta sa montre.

— ... Il y a presque une heure. Pourquoi?

Elle lui lâcha le bras, les yeux perdus dans le vague. Elle ne ressentait qu'une sorte de torpeur qui s'insinuait en elle lentement, et la laissait absolument vide.

Jacob lui tapota l'épaule.

— Valerie? Valerie, qu'avez-vous?

— Rien, dit-elle d'une voix éteinte, rien du tout. Simplement je... je n'ai pas pu lui dire au revoir.

— Ah! ce n'est que cela! Ne vous tourmentez pas pour si peu. Je lui transmettrai vos amitiés quand je le verrai, c'est promis.

Il fut immédiatement accaparé par quelqu'un qui le saluait avec force démonstrations; il ne remarqua pas que Valerie s'était éloignée lentement.

Le bruit de la fête décroissait à mesure qu'elle progressait vers le Pavillon des Etalons; devant la stalle qui abritait Sheikh, on n'en percevait plus qu'une rumeur très assourdie portée par la brise du soir.

Elle ouvrit la lourde porte. Le cheval leva une tête tout ensommeillée. Il la salua d'un petit hennissement. Elle avança vers lui, l'entoura de son bras qui parut maigre et pâle contre l'encolure puissante. Elle lui caressa le museau, très doucement.

Elle chuchota dans sa crinière:

— Il t'a abandonné aussi, hein?

Et elle se mit à pleurer.

A des centaines de kilomètres de là, très haut au-dessus des plaines de Nebraska, Charles Rissom méditait dans la cabine spacieuse de son avion personnel. Pour partir, il avait eu besoin de toute sa volonté. Avait-il eu raison ? Il n'en savait plus rien.

S'il avait agi ainsi, c'était pour savoir. Il n'avait pas trouvé d'autre moyen de savoir.

Maintenant, c'était à elle de décider de sa conduite : épouser ou non Jacob. Détruire Charles Rissom ou non. Ce qu'elle déciderait dirait à Charles tout ce qu'il avait besoin d'apprendre sur Valerie Kipper.

A présent, il fallait attendre. Seulement attendre. Ce serait l'épreuve la plus dure. Mais, ainsi qu'il le lui avait dit avant de partir, cela ne durerait pas l'éternité. Cela lui semblerait aussi long que l'éternité, voilà tout.

9

— Tiens. On m'a offert des chocolats noirs. En veux-tu un avec ton café ?

— Avec plaisir. Cela couronnera une soirée parfaite, oncle John.

Valerie était pelotonnée dans son fauteuil, devant la cheminée où flambait un beau feu. John s'assit en face d'elle dans l'autre fauteuil.

— J'en doute, grommela-t-il. Rien ne te semble plus parfait depuis ton retour du Kentucky.

— Ne recommençons pas cette discussion, je t'en prie.

— Recommencer ? Mais elle n'a jamais cessé d'être d'actualité, malheureusement ! Depuis juin, tu te traînes lamentablement !

Elle réprima un sourire devant la tendance de son oncle à l'exagération.

— John, après être revenue du Kentucky, je suis allée à Washington, en Angleterre et en Afrique du Sud. Si c'est ce que tu appelles « traîner lamentablement »...

— Tu sais très bien ce que je veux dire, pesta-t-il.

— Oui, oncle John.

— Alors appelle-le, bon sang ! Ecris-lui ! Fais quelque chose !

— Non !

C'était presque un cri. Elle se reprit.

— Même si je le voulais, je ne le pourrais pas. Personne ne sait comment joindre Charles Rissom. Pas même toi.

C'était l'exacte vérité, si exaspérante fût-elle. A moins que lui-même ne le souhaite, personne ne pouvait joindre Charles Rissom.

John l'enveloppa d'un regard infiniment tendre et navré.

— Ce qui m'importe, c'est que tu sois heureuse, chérie. Le reste...

— Je suis heureuse, John. Enfin, je le redeviendrai. Cela prendra un peu de temps, c'est tout. J'ai un métier passionnant, énormément d'amis, un oncle merveilleux. Que demander de plus ?

Il émit un grognement manquant de conviction...

A son retour du Kentucky, il avait à peine reconnu sa nièce. Son apparence physique n'avait pas changé, certes, mais son humeur était devenue taciturne, hermétique. Elle s'était cloîtrée dans sa chambre plusieurs jours pour écrire son article.

Il ne s'était pas inquiété de son absence, ni au bureau ni à la table du soir, par respect pour son besoin d'isolement. Il se rappelait la frénésie de travail qui le saisissait quand, jeune reporter, il devait remettre un texte ; il attendait patiemment qu'elle eût terminé.

Lorsqu'elle était apparue dans son bureau, une semaine plus tard, les joues creuses, les yeux profondément cernés, il avait poussé une exclamation consternée.

— Valerie ! Que t'est-il arrivé, mon petit ?

Elle avait jeté sur sa table une liasse de papiers, en disant simplement :

— Lis.

Il avait lu, fiévreusement.

C'était époustouflant. Elle ne faisait grâce de rien,

révélait la double identité de Charles Rissom, racontait son enfance perturbée, son adolescence meurtrie. Elle analysait le caractère de cet homme qui allait jusqu'à mépriser les personnes avec lesquelles il traitait. C'était une peinture sans complaisance. Mais entre les lignes courait un frémissement qui parlait un autre langage. Le lecteur moyen ne le percevrait sans doute pas. John, lui, tournait les pages avec une étrange réticence, le sentiment de violer la retraite de cet homme. Valerie avait réussi à faire passer cela, à travers une enquête journalistique.

Sa lecture achevée, il avait gardé le silence un moment.

— Tu aimes cet homme, Valerie.

Elle avait réunit les feuillets et les avait jetés dans le feu.

— Je voulais que tu le lises, John. Mais je ne pouvais pas le laisser imprimer.

Elle attendait des invectives, des vociférations. Il n'avait pas dit un mot, était resté absolument calme. Alors le vernis d'impassibilité qu'elle s'était composé avait craqué. Brisée par l'émotion, elle avait pleuré toutes ses larmes dans les bras de son oncle, et lui avait tout raconté. Toute cette histoire avait tellement remué John qu'à la fin de la soirée, c'était Valerie qui essayait désespérément de le calmer.

Après quoi, elle s'était jetée dans le travail avec une sorte de rage. Elle sollicitait les reportages les plus lointains. Elle était au mieux de sa forme professionnelle : ses enquêtes se révélaient excellentes, incisives, si absolument objectives. On parlait d'elle pour le Prix Pulitzer à propos du reportage effectué en Afrique du Sud.

Même cela n'avait pas réussi à lui rendre la joie de vivre. Elle demeurait distante, imperméable, dans tous ses rapports, professionnels et amicaux. John regrettait la jeune fille prompte à s'émouvoir qu'il avait connue.

Elle était encore passionnée, mais d'une passion froide, inhumaine. Cette sécheresse chez sa nièce lui faisait peur.

De temps à autre, elle recevait un appel téléphonique de Jacob Lancer. Elle s'imposait alors d'adopter un ton rieur, et son enjouement cessait dès qu'elle raccrochait. Une fois, c'était John qui avait répondu ; il avait demandé à Jacob comment joindre Rissom.

— Je vous demande pardon, monsieur ?

— Je vous prie de me donner le numéro de Rissom, c'est pourtant simple !

— Vous êtes l'oncle de Valerie, n'est-ce pas ? Je suis navré, monsieur. Il m'est impossible de communiquer le numéro de M. Rissom.

— Impossible, vraiment ! Ecoutez, jeune homme, je ne vais pas le publier ! je veux simplement lui dire deux mots à propos de...

Jacob avait raccroché. Il n'avait pas appelé depuis.

— Tu es anormalement calme, oncle John, murmura Valerie. Qu'est-ce qui te préoccupe tant ?

— Oh ! tout et rien, le dernier numéro, que sais-je ?

— Allons ! Il n'y a rien dans ce numéro qui mérite qu'on y pense. Il est assez terne.

— Tu oublies ton article sur le Grand Prix d'Egypte ! Il n'est pas terne, lui !

— Comparé à ce qu'il aurait pu être, si.

— Les lecteurs ne sauront jamais qu'ils ont failli lire un article sur Charles Rissom. Charles Smith et ses folles enchères les intrigueront déjà beaucoup.

Elle s'étira en bâillant.

— C'est possible. La revue est sortie aujourd'hui ?

— Non, hier, voyons. Nous sommes le 29. Presque octobre, déjà !

— Et demain, on travaille ! Je vais me coucher. Bonne nuit, oncle John.

122

Elle se pencha et déposa un baiser sur sa calvitie. Puis elle grimpa jusqu'à sa chambre.

Elle était fatiguée. S'imposer de paraître insouciante l'épuisait. Pourquoi se l'imposer, d'ailleurs ? Son oncle avait toujours vu clair en elle.

Elle allait mieux cependant. Chaque jour qui passait apportait une légère amélioration. Peut-être le pire était-il passé ? Petit à petit, elle s'était accoutumée à cette idée affreuse : il ne l'aimait pas. Ce qu'elle avait cru vivre cet après-midi là dans l'arène, puis le soir lors de la vente aux enchères, n'était que le produit de son imagination. C'était ainsi. Après tout, les cœurs brisés courent le monde et n'en meurent pas pour autant. Il fallait continuer à vivre, le mieux possible. Avec le temps, elle y arriverait certainement. Mais pourquoi, pourquoi était-ce si long ?

Trois mois déjà, trois mois de torture. Sauter sur le téléphone chaque fois qu'il sonnait, retenir son cœur de s'emballer au son d'une voix, à l'aperçu d'une mèche noire, d'une silhouette, d'une démarche, oui, elle connaissait tout cela jusqu'à la nausée. Un jour, elle avait suivi un homme dans la rue ; à y bien réfléchir, cela ne datait que d'une semaine. Et elle prétendait qu'elle allait mieux ! L'homme attendait devant l'immeuble du journal. En quittant son travail, elle avait aperçu ce visage anguleux et son cœur s'était arrêté de battre. Tout en lui lui semblait douloureusement familier : sa taille, ses cheveux, sa démarche quand il s'éloigna rapidement. Elle l'avait suivi tant bien que mal au milieu de la foule. C'était l'heure de sortie des bureaux. Au bout de quelques centaines de mètres, elle avait compris l'inanité de son entreprise : même si c'était Charles, pourquoi le poursuivre ? Que lui dirait-elle ? Que dire à un homme qui ne veut pas de vous ?

Elle frissonna en se rappelant ce moment de délire. Elle guérirait, oui, il le fallait. Le travail l'y aiderait. C'était la seule solution, la seule réponse à son mal.

Demain serait un autre jour. Jusque-là, il s'agissait de traverser la nuit.

Les nuits étaient très difficiles.

— Voici votre courrier, Valerie.

Margaret déposa une liasse de lettres impressionnante sur le bureau de la jeune femme.

— Pitié, Margaret ! gémit-elle. Pas dès le premier jour de parution ! On ne peut pas brûler tout ça ?

— Oh ! vous n'avez pas honte ? Les lettres de vos fans ! Il faut dire que vous auriez besoin de vacances, mon petit. Vous êtes maigre, et trop pâle. Vous n'en avez pas parlé à votre croquemitaine d'oncle ?

— Mon croquemitaine d'oncle ? Voici des mois qu'il veut m'obliger à me reposer. Si vous l'épousiez, Margaret, pour m'en débarrasser ?

— J'en ai bien l'intention, proclama Margaret, mais j'attends qu'il soit assez grand.

Valerie eut un petit rire plein d'affection. Margaret et John s'aimaient depuis trois ans, depuis que Margaret était entrée au journal pour être la secrétaire de John. L'un et l'autre ayant vécu seuls une bonne partie de leur existence, le mariage les effrayait également. Ils y pensaient cependant sérieusement.

— Bon, qu'y a-t-il dans ce courrier, Maggie ?

— Principalement des lettres de lecteurs, un mot du Consul du Japon que vous avez interviewé, une confirmation de votre rendez-vous à Washington la semaine prochaine, et des monceaux d'invitations.

— Les avez-vous acceptées pour moi ?

— Presque toutes, ma pauvre enfant ; à part la réunion des anciens élèves de...

— De grâce, Margaret !

— Oui, oui, et aussi celle d'un fou du Minnesota.

Valerie se redressa.

124

— Du Minnesota ? Une invitation du Minnesota ?

— Et même d'une *ferme* du Minnesota, imaginez-vous ! J'ai failli la mettre au panier, mais...

— De qui, Maggie ? Vous avez le nom ?

— Mon Dieu, je n'y ai pas prêté attention... C'était un télégramme, il me semble, et le nom...

Elle se mit à fouiller dans la liasse de papiers.

— C'était un nom très commun, certainement un nom d'emprunt... Voyons... Ah ! je me souviens. Smith. D'ailleurs, voici le papier. Charles Smith.

Valerie le lui arracha. Ses mains tremblaient si fort qu'elle était incapable de le lire. Elle le posa sur le bureau.

Il était adressé à Valerie Kipper, Grand Reporter, aux bons soins du journal. « Ainsi, il sait qui je suis », pensa-t-elle.

— Valerie, que vous arrive-t-il ? s'inquiéta Margaret. Que vous veut ce Smith ?

Valerie s'arracha à la contemplation du télégramme.

— Oh ! ce.... je ne voudrais pas être impolie, Maggie. C'est... c'est personnel, vous comprenez.

— Ah ? Cela n'avait pas l'air si personnel.

— Demandez à oncle John. Il sait tout.

Maggie se retira discrètement.

Valerie ferma les yeux un instant. Elle lut sans hâte. Elle aurait aimé que ces mots ne finissent jamais. Peu importait ce qu'ils disaient, ils étaient de Charles.

VU ARTICLE SUR GRAND PRIX D'EGYPTE STOP VENEZ FERME MINNESOTA POUR ARTICLE REMPLACEMENT STOP EXCLUSIF SUR C.R. STOP BILLETS SUIVENT STOP CHARLES SMITH STOP.

Un grand calme descendit en elle. Pendant un instant éternel, elle s'arrêta de respirer, de penser. Dans le bureau voisin, le bruit des machines à écrire crépita de plus en plus fort, jusqu'à devenir intolérable. Elle recommença de respirer.

Elle lut et relut le télégramme jusqu'à ce que les lettres se brouillent devant ses yeux. Les émotions se bousculaient en elle.

Il savait qui elle était. Jacob lui avait donc tout dit. Tout ? lui avait-il avoué qu'elle n'avait jamais été sa maîtresse ? Et s'il le lui avait dit, alors…

La dernière conversation qu'elle avait eue avec Jacob au téléphone lui revint en mémoire. Il avait revu Charles une seule fois, immédiatement après le Prix d'Egypte. Il semblait qu'un différend se fût élevé entre eux. Depuis, Jacob ne lui avait plus parlé. Il ne le reverrait qu'à son retour du Caire. Elle se rappelait soudain : Jacob reviendrait du Caire le 15 octobre. C'était en juin qu'il avait dû tout révéler à Charles. Depuis tout ce temps, Charles connaissait la vérité ; il savait qu'elle n'avait jamais appartenu à Jacob.

Elle eut envie de pleurer. Comment s'illusionner encore ? Elle avait voulu croire que Charles l'avait rejetée à cause de son intimité supposée avec Jacob. Or c'était faux.

Pourquoi l'invitait-il ? Pour une raison simple et logique : la remercier de sa discrétion. Il avait lu son texte. Il avait apprécié qu'elle n'ait pas parlé de Rissom. C'est pourquoi, magnanime, il lui accorderait une interview exclusive. Pour la récompenser…

A ce moment, John entra. Il avait son visage des mauvais jours.

— Maggie me parle d'une invitation venant de Charles Smith ? Qu'est-ce que cette histoire ?

— La pure vérité. Le tout-puissant Charles Rissom semble disposé à nous transmettre le secret de sa vie sur un plateau d'argent. En guise de remerciement pour notre discrétion première. D'ailleurs, lis toi-même.

John parcourut le télégramme, en fit une boule qu'il lança à travers la pièce.

126

— Quel odieux personnage !

— Pas autant qu'il le paraît. Si tu le connaissais, tu comprendrais que ce geste a dû lui coûter beaucoup. Pour lui, c'est d'une incroyable générosité.

Elle hésita, sa voix se fêla.

— Ce n'est pas sa faute s'il ne m'aime pas, oncle John. On ne peut pas lui en tenir rigueur.

— Tu es trop généreuse !

— John, c'est la chance de ma vie. Interviewer un homme que la presse traque depuis des années ! Et avec son accord !

— Tu as l'intention d'y aller ?

— Mais naturellement. Je suis journaliste.

John hocha tristement la tête.

— Après la façon dont il t'a traitée…

— Ce n'est pas une raison ! s'emporta la jeune femme, exaspérée. Il n'a sans doute même pas eu conscience de me maltraiter. Je ne vais pas lui donner la satisfaction de s'en apercevoir ! Ne pas accepter, ce serait avouer qu'il m'a blessée, comprends-tu ? Je ne suis pas assez naïve pour croire que je n'en souffrirai pas, mais j'irai. Ce sera une bonne occasion de me mettre à l'épreuve. D'accord ?

John grimaça.

— Moi, ce que j'en disais, tu sais… Je ne veux pas que tu souffres, c'est tout.

Elle traversa la pièce, se jeta à son cou.

— Tu es si gentil, oncle John. Je suis sur mes gardes cette fois, tu sais. Charles Rissom ne me blessera pas de nouveau.

10

L'avion se posa en douceur sur l'aérodrome de Minneapolis à vingt et une heures. Valerie poussa un profond soupir : cette fois encore, elle avait échappé à la catastrophe. Elle débarqua le plus vite possible.

Elle se hâta vers le terminal. Une question la tenaillait : comment l'accueillerait-il ? Elle était malade d'anxiété, et espérait que cela ne se voyait pas trop.

Les billets d'avion étaient arrivés par porteur spécial peu de temps après sa conversation avec John ; elle avait alors appris qu'elle disposerait d'une seule journée pour préparer son bagage et s'organiser. Apparemment, Charles Rissom escomptait qu'elle laisserait tout tomber de grand cœur pour se précipiter à sa rencontre, comme s'il était la seule personne au monde vraiment importante sur son calendrier. Tant de présomption l'avait irritée. Elle s'était même demandé si, en définitive, elle allait obtempérer.

En pestant, elle avait finalement pris l'avion. Pendant le vol, son humeur avait eu le temps de se tempérer. La colère avait fait place à la peur, peur de l'accident bien sûr, mais aussi de revoir Charles. Plus le terme du voyage approchait, plus sa réticence grandissait. Elle avait juré ses grands dieux à son oncle qu'elle assumerait la situation sans problèmes. Maintenant, elle n'en était plus aussi certaine, et sa belle assurance avait disparu.

Dans le groupe des personnes venues attendre les voyageurs, elle chercha bravement la silhouette qu'elle avait désespéré de revoir durant des mois.

— Bonsoir, Miss Kipper. J'espère que vous avez eu un vol agréable?

Valerie ne dissimula pas son étonnement. Robert! Robert, le barman si stylé de l'hôtel de Lexington!

— Vous... vous êtes bien Robert, n'est-ce pas? Comment se fait-il que vous soyez ici, Robert?

— Je suis venu vous chercher.

— Me chercher? Je ne comprends pas...

— M. Rissom vous prie de l'excuser de n'être pas là lui-même. Il a été appelé par une affaire qu'il n'attendait pas. Si vous voulez me confier votre billet, je vais m'occuper de récupérer vos bagages et nous partirons sans tarder. Le trajet est assez long, malheureusement.

Elle chercha son billet dans son sac. Ne pouvant contenir sa curiosité, elle lui demanda :

— Vous êtes venu du Kentucky pour vous mettre au service de M. Rissom, Robert?

— Je suis à son service depuis sept ans, dit-il avec fierté. Je le suis fréquemment dans ses voyages, durant lesquels je remplis auprès de lui diverses fonctions : maître d'hôtel, chauffeur, secrétaire...

— Je comprends. Confectionner les cocktails n'est que l'un de vos multiples talents.

— Merci, Miss. Pouvons-nous partir?

Elle suivit Robert, en proie à des sentiments mêlés. Elle essayait de dominer sa contrariété : si Charles n'était pas venu l'attendre à l'aéroport, c'est qu'elle n'était pas assez importante à ses yeux, tout simplement. Qu'était-elle, sinon une journaliste à qui il consentait une interview? Eh bien, elle remplirait ce rôle à la perfection, en professionnelle exigeante qu'elle était. Et elle ne sortirait pas de ce rôle.

Robert conduisait la longue limousine en souplesse. Valerie lui demanda à quelle distance se trouvait la ferme.

— A environ une heure d'ici, Miss. Si vous aimez la musique, les boutons de commande sont à votre droite.

Manifestement, il n'était pas d'humeur bavarde. Valerie s'assoupit un peu. Elle s'éveilla tout à fait au bruit du gravier sous les pneus.

— Voici la maison, annonça Robert avec emphase.

Valerie se pencha. Elle eut une exclamation de surprise.

Elle avait imaginé un austère manoir de pierre. Elle se trouvait devant une grande demeure de style colonial, toute blanche, très avenante. Le porche de façade surtout lui plaisait infiniment.

— C'est charmant ! s'écria-t-elle. Cela ne ressemble pas du tout à Charles !

Pour la première fois elle entendit Robert rire. Il arrêta la voiture sur le côté de la maison et se tourna vers elle, un grand sourire aux lèvres.

— Avec le temps, Miss Kipper, vous découvrirez que la maison ressemble beaucoup à M. Rissom. Vraiment beaucoup.

Elle descendit de voiture et inspira profondément l'air du soir, frais, un peu piquant. Pendant que Robert s'affairait avec ses bagages, elle fit le tour de la maison. Elle était vraiment ravissante !

Soudain la porte d'entrée qu'abritait le porche s'ouvrit à deux battants, dispensant une lumière chaude qui éclaira Valerie.

— Entrez donc, mon enfant !

Une silhouette replète s'encadra dans la porte. Le ton maternel arracha un sourire à Valerie. Elle obéit, grimpa les marches du perron, et se trouva devant le visage rond, rose, rieur d'une aimable personne, de celles qu'on a envie d'aimer tout de suite.

— Bonjour, dit Valerie, intimidée.

— Bonjour à vous, Valerie Kipper. Il est grand temps que vous franchissiez ce seuil. Entrez, entrez !

Elle se pencha au dehors pour crier à Robert :

— Allons, ne lambinons pas ! Le café est chaud et j'ai préparé un souper léger !

Valerie pouffa. Entendre quelqu'un traiter aussi cavalièrement le digne Robert la mettait en joie.

— Bon. Dites-moi, mon petit : voulez-vous monter tout de suite à votre chambre, ou manger quelque chose avant ?

— Je crois que j'ai un peu faim, s'entendit répondre Valerie, étonnée de se sentir de l'appétit.

— Parfait ! Je ne supporte pas de voir des gens se coucher le ventre creux !

« Je l'aurais parié ! » se dit Valerie.

Ce qui l'étonnait, c'était de penser que cette dame fasse partie de la vie de Charles.

— Pardonnez-moi si je suis impolie, s'écria-t-elle, mais... qui êtes-vous, madame ?

Le visage bienveillant prit une expression horrifiée.

— Oh mon Dieu, c'est vrai. Excusez-moi. Je suis Mme Willers, mais tout le monde ici m'appelle Willy. Sauf Robert, naturellement.

Naturellement ! Pouvait-on imaginer Robert l'appelant autrement que : Mme Willers ?

— Je m'occupe de la maison, je gère le budget, je cuisine les repas. Nous n'avons pas encore trouvé le titre qui définirait mes fonctions.

Valerie écarquillait les yeux.

— Qu'est-ce qui vous étonne, mon petit ?

— Que vous travailliez pour Charles Risson. Vous ne correspondez pas du tout à... à ce que j'imaginais. Pas plus que l'environnement.

Mme Willers eut un sourire malicieux.

— Je pense que Charles vous réservera encore quelques surprises, voyez-vous... A présent, installez-vous confortablement. Tout sera prêt dans un instant.

Elle s'esquiva avec une agilité surprenante pour une femme de sa corpulence. Valerie se livra à un examen de la pièce où elle se trouvait.

Un grand feu flambait dans une cheminée de pierre. Les meubles étaient beaux et de grande qualité, mais disposés sans prétention. La simplicité régnait. A certains détails, on devinait la main de Mme Willers : un bouquet de fleurs des champs, des napperons de dentelle, la patine des meubles encaustiqués avec amour. Le tout donnait une impression de confort et d'authenticité, de chaleur aussi ; on se sentait tout de suite à l'aise, ici. Valerie avait peine à y imaginer Charles Rissom.

Robert entra avec ses bagages, plus compassé que jamais.

— Si vous voulez bien me suivre, Miss, je vous montrerai votre chambre avant le souper.

La chambre, très vaste, était située au second étage. Elle était meublée de façon élégante, raffinée sans ostentation. Elle posa son sac sur le très beau secrétaire ancien, alla jusqu'à la porte-fenêtre qui ouvrait sur un balcon rempli de plantes vertes. Par-delà une allée bordée de lampadaires à l'ancienne mode, elle aperçut un bâtiment massif qui devait être l'écurie.

Robert toussota.

— Vous pourrez visiter plus tard, si vous le désirez, Miss. Pour le moment, je pense qu'il serait souhaitable que nous descendions. Mme Willers n'aime pas beaucoup que l'on laisse refroidir les plats, ajouta-t-il.

La maison était bien plus grande qu'elle ne le paraissait à première vue ; ils traversèrent une demi-douzaine de pièces avant de pénétrer dans une salle à manger classique, très vaste elle aussi. Mme Willers passa la tête par ce qui devait être la porte de communication avec la cuisine.

— J'aurai besoin d'un peu d'aide pour apporter les plats, Robert, pria-t-elle.

Valerie aperçut la cuisine derrière elle, et demanda spontanément :

— Madame Willers, cela vous dérangerait-il si je prenais ce repas dans la cuisine ?

— Mais au contraire, mon petit ! Robert et moi n'avons pas dîné non plus. Si notre compagnie ne vous rebute pas, nous serons heureux de vous accueillir.

— Oh, j'en serai ravie. Je déteste manger seule.

— Alors, soyez la bienvenue.

Valerie entra dans la grande cuisine de ferme, avec ses boiseries sombres, ses cuivres et son immense foyer de briques. La longue table de chêne croulait sous le souper « léger » de Mme Willers.

— Quel endroit merveilleux ! soupira la jeune invitée.

Elle n'avait jamais connu que des cuisines de citadins, impersonnelles et purement fonctionnelles, équipées de tous les robots les plus performants.

— J'ai toujours rêvé d'une cuisine comme celle-ci !

Elle se sentait soudain merveilleusement bien. Elle était loin du personnage sophistiqué de la journaliste internationale qu'elle s'était promis de jouer. Elle était une petite fille ravie qui se laissait gâter. Finalement, elle se félicitait de l'absence de Charles Rissom.

La jovialité grondeuse de Mme Willers acheva de la détendre. Même Robert abandonna un peu de sa raideur au cours du repas. Ils bavardèrent tous les trois à bâtons rompus.

— Il est moins guindé à la maison, je peux vous le dire, expliqua la gouvernante à Valerie. Oui, nous habitons derrière les arbres, là, dans un petit pavillon.

Devant l'air ahuri de la jeune femme, elle se mit à rire.

— Nous sommes mariés, voyez-vous, ma chère enfant. Lui, c'est Robert *Willers*.

Pour le coup, la stupéfaction de Valerie fut à son

comble. Un couple, ce petit homme rigide et cette femme si chaleureuse ? Cela semblait incroyable.

Le repas fini, elle les remercia tous les deux. Elle avait envie d'une petite promenade avant de se coucher.

Mme Willers lui tapota la main.

— Il y a un téléphone près de votre lit, pour le cas où il vous manquerait quelque chose. Il sonne dans notre pavillon. Je pense que Charles rentrera tard, mais il a promis d'être là pour le petit déjeuner.

Elle remercia encore, et sortit. Pour le petit déjeuner ? Où passait-il donc la nuit ?

Elle se trouvait à mi-chemin des écuries. Là-bas, quelqu'un sortit de l'ombre et s'avança vers elle. Le temps de se demander si c'était l'un des palefreniers, elle reconnut la longue silhouette, la démarche souple, le port de tête.

Elle retint sa respiration ; on eût dit que son corps recommençait de vivre, avec la même intensité que quelques mois auparavant. Charles continuait d'avancer, s'arrêtait à quelques mètres d'elle. Elle me distinguait pas ses traits dans la lumière faible d'un lampadaire, mais elle percevait l'ardeur du regard qu'il posait sur elle. Ils demeurèrent ainsi, face à face, sans échanger un seul mot. Le temps aussi était immobile. Puis il s'élança, l'attira sauvagement dans ses bras et prit sa bouche avec fureur. Ses mains couraient sur elle, l'enfiévraient ; il fallut à Valerie toute la puissance de sa volonté pour le repousser. Il en avait déjà usé de cette façon avec elle, et puis l'avait quittée sans un mot d'adieu. Elle ne lui permettrait pas de la traiter une nouvelle fois ainsi.

Elle trouva la force d'adopter un ton froid, un peu hautain.

— Accueillez-vous toutes vos invitées avec le même enthousiasme, monsieur Rissom ?

Il rejeta la tête en arrière comme s'il avait reçu une

gifle. Il y eut un silence assez pénible. Puis il se mit à rire, un rire un peu rauque.

— C'était bien ainsi que vous souhaitiez être accueillie, n'est-ce pas ?

Comme il était sûr de lui, et du désir qu'il lui inspirait !

— Valerie...

Il l'attira contre lui, caressa sa chevelure, y enfonça profondément les doigts.

— C'est fini, chuchota-t-il. Il n'y a plus de rôles à jouer, plus de secrets entre nous. Nous pouvons céder à notre désir, ce désir qui est en nous depuis le premier soir où nous nous sommes rencontrés.

— Vous voulez dire, reprendre les choses là où nous les avons laissées ?

— C'est exactement ce que je veux dire, murmura-t-il dans son oreille.

Puis il pressa ses lèvres sous son oreille, suivit la courbe de son cou ; sans l'avoir voulu, elle inclinait la tête pour mieux se prêter à la caresse voluptueuse, cambrait les reins pour appliquer son corps contre celui de Charles.

Elle allait interrompre leur étreinte, oui, elle allait reprendre le contrôle d'elle-même, oui, dans une minute ou deux... Auparavant, elle voulait sentir encore la pression ardente de ses mains qui caressaient ses seins, puis son ventre, la chaleur qu'elles faisaient naître sous leurs doigts. Elle les avait tant attendues !

— C'est pour cela que vous m'avez invitée ici ? souffla-t-elle.

— Bien entendu ! Vous ne pensiez pas que l'interview serait gratuite, quand même ?

C'était donc cela ! Quel ignoble marchandage ! Elle s'attendait à de l'indifférence, et il lui offrait une tractation : « je vous accorde une interview, vous m'accordez votre corps. »

Elle le repoussa, non cette fois dans l'effort frénétique

de la femme qui s'arrache à son propre désir, mais avec une détermination amère. Il perçut ce changement en elle, et s'en étonna.

— Qu'est-ce qui ne va pas, Valerie ?

— Vous disiez qu'il n'était plus nécessaire de jouer... En effet, les jeux du Kentucky sont terminés. Je n'ai aucunement l'intention de me prêter à un quelconque marchandage. Je suis venue ici pour réaliser une interview qui m'était promise. C'est tout, strictement. Si vous voulez revenir sur cette promesse, dites-le moi dès maintenant : je partirai demain matin.

Il tressaillit de façon visible. Elle éprouva quelque satisfaction à se dire que, pour une fois, c'était *elle* qui l'avait surpris.

— Vous n'êtes venue que dans ce but ? Pour l'interview, uniquement ?

— Je n'ai jamais rien espéré d'autre. Votre étonnement me confond.

Il lui saisit le bras et essaya de déchiffrer son regard dans l'obscurité.

— Vous mentez, prononça-t-il d'une voix incertaine.

— Je n'ai plus aucune raison de mentir, vous l'avez souligné vous-même.

Il prit sa tête entre ses deux mains et l'embrassa farouchement, presque brutalement. Elle tremblait intérieurement, mais n'en montra rien.

Sa passivité exaspéra Charles ; il la lâcha brusquement. C'était une victoire pour elle. Elle était parvenue à se maîtriser. Cela confortait sa confiance en elle-même.

— Alors, dit-elle, aurons-nous cet entretien, oui ou non ?

Il détourna la tête si brusquement qu'une lourde mèche de cheveux lui tomba sur le front. Elle eut une envie folle de la remettre en place, doucement. Le besoin de le toucher devint douloureux, presque intolérable.

Il soupira.

— Je ne me suis jamais montré aussi mauvais juge en matière de psychologie, avoua-t-il.

Il lui fit face à nouveau. Ils se voyaient à peine ; elle devinait cependant sa colère, et son désir. Une lutte se jouait en lui, c'était évident. A la fin, il déclara sur un ton parfaitement détaché :

— Très bien. Vous aurez votre interview. Je ne manque jamais à mes promesses.

Quelques instants plus tard, elle entendit claquer la porte de la maison : elle était seule. Elle souffrait, elle tremblait, pourtant, c'était mieux ainsi, il valait mieux clarifier la situation dès le départ.

Une seule larme roula sur sa joue.

Elle rentra dans la maison sans bruit pour ne pas alerter Willy et Robert. Elle se sentait étrangement vide, et sans force. Elle eut même quelque peine à monter l'escalier qui menait à sa chambre. De la pièce voisine lui parvinrent des sons indistincts révélant la présence de Charles. Elle n'éprouva aucune crainte. Elle était certaine qu'il ne franchirait pas sa porte.

Durant la nuit, pourtant, quelque chose l'éveilla : le bruit étouffé des pas qui arpentaient le couloir. Elle les entendait venir, hésiter, s'arrêter, puis partir, et revenir encore. Elle retenait son souffle, percevait les affres de cette lutte. Quand les pas s'éloignèrent définitivement et qu'elle entendit le déclic de la porte voisine, elle ferma les yeux avec un sentiment de désespoir. Autant se l'avouer, elle avait espéré qu'il perdrait cette bataille.

Charles était déjà à la salle à manger quand elle descendit le lendemain matin. Son regard ne l'enveloppa qu'une fraction de seconde. Elle avait revêtu à la hâte un vieux jean délavé, familier, qui la rassurait. Par-dessus, un pull mousseux, très doux, du même bleu pervenche que les yeux de Jacob. Penser à Jacob la réconfortait, parfois…

Charles s'était habillé de la même manière qu'elle ; simplement, son chandail était blanc, ce qui faisait ressortir son teint bronzé. Il se leva pour l'accueillir, et elle eut un pincement au cœur : au lieu du magnat de l'industrie, voici qu'apparaissait devant elle un simple campagnard en jean usé. Cet homme-là lui plaisait beaucoup plus que l'autre.

Il s'empressa avec une courtoisie exquise.

— Willy est partie pour le marché, annonça-t-il. Elle a pourtant tenu à vous préparer un petit déjeuner royal. Je crois que vous lui avez produit grande impression hier soir.

Valerie s'assit en face de lui. C'était donc sa dernière trouvaille, de jouer les hôtes irréprochables ?

— Vous devez goûter à tout, j'en ai peur, sous peine d'offenser Willy. Dans cette maison, nous nous efforçons de lui éviter toute contrariété. Elle est le personnage central de cet endroit, vous savez.

Elle le regarda avec appréhension remplir l'assiette qu'il lui destinait. Elle ne s'attendait pas à cette désinvolture. Quant à elle, toute cette aventure l'avait profondément affectée. L'homme qui l'avait gravement traumatisée allait-il s'en sortir indemne, lui ? Elle souhaita le blesser.

— Où passez-vous vos soirées ? demanda-t-elle abruptement. Celle d'hier, par exemple ?

Elle regretta sa question dès qu'elle l'eut posée. Elle n'avait aucun droit de l'interroger sur ses loisirs ; il allait sans doute répliquer vertement, et il aurait raison.

Il se contenta de sourire avec malice.

— Je ne pourchassais pas les jeunes filles de l'endroit, si c'est ce que vous insinuez.

Elle rougit, furieuse d'être percée à jour. Il semblait s'amuser beaucoup.

— L'un de mes voisins avait une jument malade. Très malade, même : elle était en danger de mort.

Nous avons passé l'après-midi et une partie de la soirée à la soigner.

Elle serra les lèvres. Il s'enquit fort aimablement :

— Préférez-vous que je vous serve autre chose ? Vous ne mangez rien.

— Je préférerais un peu moins de sollicitude !

— Vraiment ? Qu'aimeriez-vous ? Brutalité, autorité ?

— Soyez vous-même, tout simplement.

— Serez-vous capable de reconnaître à quel moment je suis moi-même ?

— Je ne sais pas. Non, sans doute. Cette visite m'aura en tout cas appris une chose : je ne vous connais pas du tout.

Il s'appuya à son dossier, croisa les mains derrière la nuque ; il paraissait aussi à l'aise qu'elle se sentait malheureuse, et cela la mettait hors d'elle.

— Eh bien, n'est-ce pas la raison de votre venue ici ? Apprendre à me connaître, et révéler au monde qui je suis ? Que raconteriez-vous à vos lecteurs, si vous deviez écrire votre article ce matin ? Comment décririez-vous Charles Rissom ?

— Comme un manager. Un manager d'hommes, d'affaires, de chevaux, de tout.

— C'est un portrait à une seule dimension. Vous étiez plus nuancée vis-à-vis de Charles Smith.

— Charles Smith n'était qu'une fiction. Je l'ai éliminé de mon souvenir.

— Et Valerie Smith, vous l'avez éliminée aussi ?

Il la contemplait si intensément qu'elle baissa les yeux.

— Valerie, regardez-moi. L'homme qui est devant vous est à la fois Charles Rissom et Charles Smith. Cet endroit, les personnes qui m'entourent, la vie que je mène, tout cela fait partie de moi au même titre que le reste. Vous êtes la seule personne au monde à qui j'ai voulu dévoiler cet aspect de ma personnalité.

Ces paroles rappelèrent à Valerie un souvenir amer.

— J'étais également la seule personne à qui vous aviez confié le secret de Martin Vasslar...

Il rit très haut, un rire déplaisant.

— C'est vous qui osez me jeter la pierre ? Avez-vous oublié que vous étiez engagée la première dans la voie du mensonge, Miss Kipper ? Pour moi, j'ai simplement suivi votre exemple. Quand j'ai découvert que j'avais par inadvertance dévoilé mon identité à l'une de nos plus grandes journalistes, j'ai voulu prendre les mesures de protection qui s'imposaient. Pour le cas où vous auriez publié un article sur moi, je vous ai fourni une information fausse. Cette information aurait jeté le discrédit sur votre article tout entier. N'était-ce pas astucieux ?

— Vous saviez qui j'étais ? Durant tout ce temps, vous le saviez ?

— Robert vous a reconnue le premier soir au restaurant. Le lendemain matin, j'avais votre dossier entre les mains.

— Et vous avez monté cette machination qui aurait ruiné ma carrière !

— Tout comme vous aviez usé d'une fausse identité pour violer le secret de ma vie privée.

Elle médita quelques instants.

— C'est bon, dit-elle enfin, je veux bien admettre que nous avons menti tous les deux. Nous sommes à égalité.

— Exact.

Elle hésita à prononcer les mots qui lui brûlaient les lèvres. Elle finit par se décider.

— Mais vous... vous saviez également depuis le début que Jacob et moi n'étions pas... ensemble ?

Il soupira, détourna les yeux.

— Je n'avais aucune certitude sur ce point. Le fait que vous soyez Valerie Kipper ne vous empêchait pas d'être l'amie de Jacob. Et puis il m'a dit la vérité peu de temps après mon retour. Il m'a dit aussi qu'il n'avait pas abandonné l'espoir de vous épouser, malgré vos efforts pour l'en décourager.

Elle acquiesça de la tête.

— Qu'en est-il ? Vous avez l'intention de l'épouser ?

— Je ne sais pas, confessa-t-elle. J'y réfléchis.

Il ne dit rien. Elle le regardait, et elle mourait d'envie de le toucher.

— Puis-je vous poser une question ?

— Bien sûr.

— Pourquoi avez-vous attendu si longtemps pour m'inviter à venir ici ?

— J'attendais la parution de votre reportage sur le Grand Prix d'Egypte. Je voulais voir si vous trahiriez ma confiance. J'ai probablement cru lire entre les lignes ce qui n'y était pas.

— Et vous m'accordez un entretien pour me remercier de la discrétion dont j'ai su faire preuve envers Charles Smith ?

— Vous pouvez interpréter mon geste de cette façon, en effet. Encore que l'intention était tout autre.

Ce rappel à la proposition qu'il avait formulée la veille attrista Valerie. Comme elle avait été naïve de croire à leur histoire, de croire qu'il l'aimait !

— Au moins, nous savons tous les deux à quoi nous en tenir, à présent, dit-elle avec lassitude.

Il lui répondit d'un mince sourire.

— Vous désirez aborder l'interview tout de suite, c'est cela ?

— Oui.

— Très bien. Veuillez m'attendre aux écuries. Les lads s'occuperont de vous. Nous partirons de là. J'ai quelques coups de téléphone à donner ; je vous rejoins dès que possible.

Lui parti, elle considéra son assiette avec un net sentiment de culpabilité. Willy serait déçue. A ce moment, il lui parut capital qu'une personne au moins l'aime dans cette maison. Elle se força à manger un peu, pour s'assurer l'affection de Willy. C'était un geste puéril et ridicule, elle le savait. Tant pis.

Elle se dirigea vers les écuries. Au détour du sentier elle s'arrêta net, et contempla avec stupéfaction le panorama qui s'étendait sous ses yeux. Il lui rappelait qu'elle se trouvait sur la propriété d'un homme extrêmement riche.

Au bas de la pente, sur sa droite, elle découvrait une immense, une magnifique piscine ovale. Des abords de la maison, rien ne permettait de soupçonner son existence. Aux arceaux incurvés au-dessus de la piscine, elle reconnut qu'on devait la recouvrir l'hiver d'un dôme transparent. Ce devait être une sensation extraordinaire que de nager en plein hiver au milieu des tempêtes de neige du Minnesota !

Non loin de la piscine, il y avait des courts de tennis. Charles Rissom aimait la vie simple de la campagne, mais tout de même avec un certain panache !

Elle suivit le chemin qui aboutissait aux écuries. C'était un vaste bâtiment de la même époque que la maison. A l'intérieur, cela sentait le foin et la sciure ; tout révélait une organisation et un confort exceptionnels. Elle nota le vaste tableau électronique de contrôle qui permettait de régler la température de chaque section du bâtiment ; huit écrans de télévision branchés sur un circuit interne permettaient la surveillance constante de toute les stalles.

Un jeune homme efflanqué se présenta timidement à elle. Il lui fit traverser toute la longueur du bâtiment jusqu'à une aile située à l'opposé.

— Le manège est de ce côté, expliqua-t-il, mais pour le moment, les chevaux sont tous dans leurs stalles.

Il poussa une large porte de planches et la fit passer devant lui.

— Normalement, ils devraient être au pré à cette heure-ci, mais M. Rissom a dit qu'il fallait attendre : il désirait que vous les voyiez avant.

Dans la voix du garçon passait une note de remontrance, comme s'il la tenait pour responsable de ce que ses pensionnaires ne puissent pas aller s'ébattre à l'heure dite.

Dans cette partie de l'écurie se tenaient six juments, chacune avec son poulain. Les jeunes animaux débordaient de vie et d'énergie, dansaient dans leur box, manifestaient leur impatience d'aller essayer leurs pattes toutes neuves dans les jeux les plus fous. Ils étaient tous plus jolis, plus attachants les uns que les autres ! Loin d'être farouches, ils venaient pousser du museau contre la main que Valerie leur tendait par-dessus la porte de leurs stalles.

— Ils vont devenir des animaux de salon, au lieu de vrais chevaux de concours ! s'écria le jeune homme sur un ton clairement désapprobateur.

Elle lui jeta un coup d'œil, vit sa contrariété, et se demanda s'il n'avait pas subi l'influence de Jacob. Il ne rêvait sans doute que championnats et prix, concours et médailles, et attendait sa chance ; pour lui, comme pour Jacob, les chevaux n'étaient sans doute qu'un moyen de servir son ambition. Le plus étonnant, c'est qu'elle n'avait jamais cerné cet aspect de la personnalité de Jacob, qui n'était pas le plus sympathique ; elle venait de le comprendre à l'instant, en l'associant à l'attitude du jeune palefrenier.

La visite se termina devant une porte qui fermait une autre section de l'écurie.

— C'est là qu'on met l'étalon, expliqua Eddie.

Il fit mine de revenir sur ses pas. Valerie restait devant cette porte.

— Quel étalon ? demanda-t-elle avec vivacité.

Eddie sembla légèrement agacé.

— Sheikh el Din.

— Je croyais qu'il vivait dans l'autre ferme, avec Jacob ?

— C'est ce qui était prévu, mais M. Rissom l'a retiré du circuit en juin et l'a ramené à la maison. Ici, il n'a pas rempli son office comme il l'aurait pu, c'est sûr. Cette année, il a perdu sa chance de devenir champion au plan national.

— Pourquoi l'avoir ramené ici ?

Le garçon eut un geste d'ignorance.

— Personne ne le sait. M. Rissom aurait vaguement parlé de le garder près de lui parce qu'il tenait à lui.

Elle cilla.

— Puis-je entrer ?

Eddie fit la moue.

— C'est un étalon ! Et il n'est pas attaché. Là derrière, c'est une grande stalle ouverte : il peut aller et venir à sa guise, courir dans le pré. M. Rissom ne veut pas l'enfermer.

La jeune femme sourit.

— Ne vous inquiétez pas, Eddie, Sheikh et moi sommes de vieux amis.

Elle ouvrit la porte et la referma vite derrière elle. Après un moment de stupeur, Eddie se précipita à sa suite. Il saisit le fouet accroché au mur.

— Ecoutez, Miss, vous ne pouvez pas vous y risquer seule. Je vous l'ai dit, le cheval est *libre*.

L'accent mis sur ce dernier mot indiquait clairement que l'animal était dangereux, et qu'elle se conduisait de manière insensée. Valerie n'y prêta pas attention.

Elle traversa la stalle vide et se tint devant sa porte, ouverte sur les pâturages. Elle fouillait les collines du regard.

Charles arrivait. Il vit toute la scène et regarda sévèrement Eddie. Ce dernier haussa les épaules en signe d'impuissance, comme pour dire : « Je ne peux faire entendre raison à cette jeune personne. »

On entendit alors le grondement sourd de sabots

lancés à toute vitesse, et une tête sombre dont la crinière volait apparut à la lisière de la première colline. Le son alla en s'amplifiant à mesure que l'animal approchait de la mince silhouette immobile à la porte.

Charles prenait son élan pour s'interposer entre le cheval et Valerie quand Sheikh s'immobilisa, frémissant ; les oreilles dressées, les naseaux dilatés, tous les muscles tendus en prévision de l'offensive. Il flairait la présence de l'étranger sur son territoire. Il recommença à avancer, l'œil plus farouche que jamais. Alors il changea brusquement d'attitude : il se mit à trotter tranquillement vers Valerie, en perçant l'air du matin d'un hennissement de bienvenue.

— Ça alors ! exhala Eddie, au comble de la stupéfaction.

Pétrifié, il contemplait cette scène incroyable : Sheikh enfouissant sa tête entre les bras de Valerie et se laissant caresser avec bonheur.

Il voulut demander quelques éclaircissements à Charles. Celui-ci avait déjà traversé la stalle et se tenait aux côtés de Valerie. Il regardait, surpris, les larmes couler sur son joli visage.

11

Willy s'était campée devant lui, le poing sur la hanche, le sourcil irrité. Elle le regardait manger du bout des dents.

— Vous n'avez pas pris un seul repas décent depuis deux jours, gronda-t-elle, et Valerie non plus. Où est-elle, d'ailleurs ?

— Elle prépare ses bagages. Cessez de me materner, Willy.

D'habitude, elle savait d'après la petite ligne qui se dessinait entre les sourcils de Charles qu'il ne fallait pas insister. Cette fois, elle n'en avait cure.

— Vous avez bien besoin qu'on vous materne, tous les deux ! Vous allez finir par dépérir !

Elle continua à battre son omelette, en maugréant, juste assez haut pour que Charles l'entende :

— Je ne vois pas en quoi le fait d'être amoureux devrait gâcher à ce point l'appétit. C'est complètement illogique !

Charles lui lança un coup d'œil aigu.

— Qui est amoureux ?

— Ne jouez pas au plus fin avec moi, Charles Rissom ! Vous avez assez joué à ce jeu tous les deux pour que j'en sois saturée !

Charles sourit amèrement.

— Vous savez que vous n'êtes pas facile à vivre,

Willy? Dans le monde entier on me traite avec déférence, respect, voire crainte. Dans ma propre maison en revanche, on me houspille sans merci !

— C'est votre faute aussi, marmonna Willy. Je me tourmente pour vous deux, voilà !

Elle le regarda droit dans les yeux.

— Ne la laissez pas partir, Charles. Vous désirez qu'elle reste : si vous avez deux sous de bon sens, dites-le-lui.

— Si vous voulez le savoir, j'essaie précisément de le lui dire depuis le tout premier soir. Mais elle m'a fait comprendre que cette idée ne lui plaisait guère : elle est venue pour l'interview, et uniquement pour cela.

— Elle vous a menti. Il ne faut pas être bien malin pour le deviner d'après les regards qu'elle vous jette.

— A force d'être malin, on finit par voir des mystères là où il n'y en a pas !

Impatienté, il se leva et sortit. Elle demeura plongée dans ses pensées, lesquelles apparemment n'étaient pas optimistes.

Là-haut, Valerie pliait soigneusement son dernier chemisier, rabattait le dessus de sa valise sur les piles de vêtements qu'elle n'avait pas mis. Elle avait passé tout son temps en jean et pull-over ; les tenues plus élégantes qu'elle avait emportées pour parer à toute éventualité s'étaient révélées inutiles.

Elle n'avait pourtant pas tout prévu, songeait-elle avec tristesse. Ni la maison, ni Willy, ni même Robert, si touchant parfois pendant qu'il manifestait une affection que son formalisme lui interdisait d'exprimer. Elle se rappelait comment, la veille, il lui avait tapoté l'épaule, puis avait regardé sa main, horrifié d'une telle infraction à son code de conduite.

Quitter tout cela était difficile. Quitter Charles pour toujours était insupportable.

Elle s'allongea sur le lit et y demeura immobile, les yeux fixés au plafond. Elle s'accorda de revivre en pensée ces deux journées. Une seule fois, se promit-elle. Ensuite, elle quitterait cette maison et ses habitants, et elle les effacerait à jamais de son souvenir.

Devant l'émotion qui l'avait submergée lors de ses retrouvailles avec Sheikh, Charles ne lui avait posé aucune question. Elle lui en avait été reconnaissante. Elle-même comprenait mal ce qui l'unissait à un animal qui l'aurait terrifiée quelques mois auparavant, ils devaient se ressembler tous les deux : entiers, ardents, pris au piège des hommes, ils voulaient avant tout être libres. Et puis, ils aimaient Charles tous les deux ; Charles était l'unique personne qui avait le pouvoir de les libérer. Peut-être était-ce la raison pour laquelle elle n'avait pu maîtriser plus longtemps le torrent de ses émotions : Sheikh était enfin libre, lui, et elle ne l'était pas.

Elle avait pleuré toutes les larmes qu'elle avait retenues jusqu'alors. Charles n'avait pas dit un mot, il l'avait entourée de son bras, tendrement, et avait attendu patiemment qu'elle se calme.

A partir de ce moment, leurs relations avaient changé. Il l'avait regardée avec amitié, lui avait montré une affection à laquelle elle n'était pas accoutumée de sa part. Leurs rapports étaient devenus plus simples, plus immédiats aussi, empreints d'innocence et sans conscience du lendemain, comme ceux des enfants.

Ils avaient joué dans la piscine, disputé des parties de tennis acharnées, mis le malheureux Robert en boîte et ri de leurs plaisanteries comme des gamins mal élevés. Et ils avaient parlé, de tout, de rien, de politique, de religion, de philosophie, finalement d'eux-mêmes. Il en savait autant sur sa vie qu'elle en savait sur la sienne, il était instruit de ses goûts et de ses espoirs. Il ignorait pourtant un point essentiel, qu'elle lui avait soigneusement dissimulé : son amour pour lui.

Elle interrompit sa rêverie, prêta l'oreille aux bruits de la maison. Elle entendit Charles, au-dehors, qui sans doute donnait des ordres pour la journée. Le son de sa voix la fit se recroqueviller sur le lit...

La veille au soir, ils avaient fait une dernière fois le tour des écuries. Elle s'était promis de rester sereine, pourtant, cette fois encore, elle avait pleuré lorsque Sheikh avait blotti son museau dans sa main, elle avait pleuré avec violence, les épaules secouées de sanglots irrépressibles. Charles avait assisté à la scène, malheureux, impuissant. Il comprenait d'instinct qu'il ne pourrait pas la réconforter. Ses larmes d'adieu, elle les versait aussi pour Charles, mais cela, il ne le saurait jamais.

Peu à peu, ses sanglots s'étaient apaisés. Elle avait tourné vers lui son visage bouleversé encore baigné de larmes, il avait alors murmuré avec douceur :

— Si vous le voulez, il est à vous. Je vous le donne.

C'était la phrase la plus émouvante qu'elle eût jamais entendue. Elle mesurait toute l'importance de ce don. Incapable de parler, elle avait secoué la tête lentement, pour faire signe qu'elle ne pouvait accepter. Ils étaient sortis de l'écurie sans échanger un mot.

Bien plus tard dans la soirée, ils s'étaient installés sous le porche comme de vieux amis, très tranquillement. La journée allait finir. Pour lui faire face, elle s'était assise sur sa jambe repliée. Le plus naturellement du monde, et, sans en avoir vraiment conscience, elle s'était mise à jouer avec une mèche de ses cheveux noirs.

Il s'était un peu raidi, mais se gardait bien de bouger. Surtout, ne pas rompre le charme ! Il avait demandé d'une voix neutre :

— Pensez-vous avoir réuni toutes les informations nécessaires à votre article ?

— J'en ai largement assez, plus que vous ne vouliez m'en donner, peut-être.

Les mots ne la concernaient pas vraiment. Elle était tout entière concentrée sur le mouvement léger de sa main qui glissait dans l'épaisseur des cheveux, éprouvait la résistance de la nuque, la tiédeur du cou. On eut dit que ses doigts étaient autonomes, mus par une volonté propre.

C'était la première fois qu'elle se risquait à le toucher délibérément. Et maintenant, fascinée, elle semblait ne plus devoir s'arrêter. Lui gardait une immobilité de statue ; rien n'indiquait même qu'il s'en fût aperçu.

— Quand paraîtra l'article ? s'était-il enquis de la même voix impersonnelle, à peine un peu altérée.

— Jamais, avait-elle répondu nonchalamment, oubliant totalement qu'elle s'était juré de n'en rien dire.

L'avait-elle avoué tout haut ? Le charme était bel et bien rompu. Elle avait enlevé sa main.

— Pourquoi ?

Il lui avait repris sa main et la serrait de toutes ses forces, comme pour forcer une réponse qui semblait la chose la plus importante du monde.

— Je ne sais pas... Peut-être parce que je suis égoïste. Parce que je ne veux pas livrer ceci au monde.

Elle avait eu un geste qui englobait tout ce qui les entourait.

— Je veux garder tout cela pour moi, voyez-vous...

Avec la lenteur bouleversante d'un homme qui lutte contre lui-même, il avait pris entre ses mains le visage de Valerie. Ses traits reflétaient les émotions multiples qui bouillonnaient en lui. A la fin, leurs yeux s'étaient rencontrés, et elle avait su que la bataille était perdue, que son corps se rendait. Il effleurait ses lèvres des siennes, délicatement, en légers baisers caressants qui la laissaient vide de toute raison, de toute volonté. Sa bouche se faisait exigeante, s'emparait de la sienne avec une ardeur qui la rendait haletante, gémissante. D'eux-mêmes, ses bras s'élevaient pour étreindre Charles, ses mains se rejoignaient autour de son cou ; alors, il l'avait enlacée, attirée contre lui. En sentant ses seins se presser sur sa poitrine, sa cuisse se serrer contre la sienne, il avait rejeté la tête en arrière et aspiré une grande goulée d'air, comme un homme qui se noie.

Grâce aux ressources de sa volonté, il l'avait écartée de lui, retenue aux épaules de deux mains qui tremblaient.

— Vous êtes sûre de le vouloir? avait-il demandé d'une voix méconnaissable.

— Oui.

— Pour cette unique nuit?

Elle s'était pressée contre lui. Elle voulait ce qu'il voulait, tout ce qu'il voulait... Elle prendrait avec reconnaissance ce qu'il avait à lui offrir, et tant pis si ce n'était qu'une seule nuit...

— Pour cette unique nuit, oui...

Elle avait glissé ses mains sous le chandail de Charles, affamée de lui, de sa peau. Elle n'avait pas vu la tristesse qu'exprimait son visage.

Il l'avait enlevée dans ses bras sans effort, avait descendu les marches du perron avec son fardeau avant de le déposer avec douceur dans l'herbe de la pelouse. Il s'était agenouillé près d'elle, et avait commencé à la dévêtir.

Nue, elle était nue dans l'herbe, offerte à son désir, il s'était reculé un peu pour l'envelopper d'un regard ébloui. Il s'était penché pour embrasser ce corps si beau. Elle se nouait à lui de toute la force de son désir, implorant cette union qu'elle avait toujours voulue, même si elle ne devait pas avoir de lendemain. En cet instant, elle suffirait à la combler.

Après, ils n'avaient ressenti aucune honte; ils n'avaient non plus échangé un seul mot. Il avait monté l'escalier en la portant dans ses bras, sa tête contre son épaule comme celle d'une enfant endormie. Il l'avait déposée doucement sur le lit, avait tiré la couverture sur elle. Elle ronronnait de bien-être. Il avait posé tendrement ses lèvres sur ses yeux fermés et l'avait regardée dormir.

Un fracas venu du rez-de-chaussée la fit sursauter. Elle s'assit brusquement sur le lit. Elle se sentait vide. Elle porta ses valises dans le couloir, regarda la chambre une dernière fois avant de refermer la porte derrière elle.

Dehors, le moteur chauffait.

— Willy ! s'écria-t-elle. Je vais vous paraître stupide, je vous connais depuis si peu de temps... Je vous aime beaucoup, Willy. Et vous pouvez dire à Robert que je l'aime beaucoup lui aussi, même si cela ne lui plaît pas.

La joyeuse figure ronde de Willy se chiffonna ; elle prit Valerie dans ses bras confortables et ils lui dirent pour elle ce que, pour une fois, elle ne pouvait pas exprimer avec des mots. Puis elle se détourna très vite, fouillant sa poche à la recherche d'un mouchoir.

Charles l'attendait près de sa voiture, sombre, mena-çant. Le cœur serré, il la regardait hésiter sur le perron. Il se disait que là était sa place, et qu'elle appartenait à cet endroit. La douleur qui l'avait poignardé la nuit dernière reprit possession de lui.

Il était resté près d'elle presque une heure, à la regarder dormir du sommeil de l'innocence. Comme elle l'avait quitté facilement, pour oublier dans le sommeil ce qui s'était passé entre eux ! Il avait fini par regagner sa chambre, en proie au tourment.

Quand il lui avait demandé : « Pour cette unique nuit ? », c'était avec l'espoir insensé de forcer son amour. Il voulait, il voulait tellement qu'elle lui réponde : « Pour toujours. » Mais sa volonté n'aurait pas suffi.

Le sourire amer, il la regarda approcher.

— Je suis prête, dit-elle.

— Je l'aurais parié !

Elle rougit. Ainsi, il s'offrait le luxe de la mépriser !
Quelle attitude étrange de la part d'un homme qui
avait obtenu d'elle ce qu'il désirait !

Le trajet s'effectua en silence. Alors qu'il se garait
sur un parking prévu à cet effet, elle lui lança, agres-
sive :

— Au moins, j'espère que vous êtes satisfait ? Vous
avez fini par obtenir ce que vous vouliez, non ?

— Vous aussi, je crois !

Elle était arrivée. Au chagrin de le quitter s'ajoutait
la colère et l'humiliation de se voir traitée ainsi.
Manifestement, il avait hâte de la voir partir. Elle se
composa un visage de pierre pour s'empêcher de
pleurer.

— Vous vous êtes servi de moi d'une façon hon-
teuse ! cria-t-elle.

— Vous n'êtes pas en reste !

Elle claqua sa portière avec violence. Il sortit ses
bagages du coffre, les empoigna et se mit à marcher
vers l'aéroport au pas de charge. Il enregistra les
bagages, échangea quelques mots fort courtois avec
l'hôtesse, accomplit les formalités avec son efficacité
habituelle, imperturbable, se souciant peu qu'elle
s'épuise à le suivre, pâle de rage, la gorge nouée,
retenant désespérément ses larmes.

Devant le contrôle, il lui dit sans émotion appa-
rente :

— Je vous verrai à la porte d'embarquement. Au
revoir.

— Allez au diable ! hurla-t-elle.

Des dizaines de têtes étonnées se tournèrent dans sa
direction, les autres cherchaient d'où provenaient ces
cris qui troublaient la quiétude de l'aéroport. Charles
Rissom avait brusquement reculé, comme sous le coup
d'une gifle.

— A la porte d'embarquement, hein ? poursuivit-
elle, tremblante de colère. Et vous me regarderez

tranquillement sortir de votre vie? Vous êtes impatient que je m'en aille, c'est cela? Vous n'y tenez plus!

Sa voix avait pris une tonalité aiguë. Une foule de curieux commençait à faire cercle autour d'eux.

— C'est pour mon désir que vous me haïssez! Mais comme vous éprouviez le même, vous pouvez aussi bien vous haïr vous-même! Vous êtes pressé de me voir partir parce que je vous rappelle votre propre faiblesse! Je vous rappelle que Charles Rissom, le tout-puissant Charles Rissom, n'est qu'un humain comme tous les autres!

Il y eut un murmure de surprise à l'énoncé de ce nom, mais Valerie n'en avait cure. Elle restait plantée devant lui, le menton haut, assez satisfaite de constater sa totale stupéfaction.

— Vous n'aimez pas l'entendre dire, n'est-ce pas? Vos conquêtes doivent s'en aller sur la pointe des pieds dès que vous en avez fini avec elles! L'une d'entre elles a-t-elle jamais osé vous lancer tout cela à la figure?

Elle s'arrêta pour le regarder, et parce qu'elle avait la gorgée serrée. Sur les traits de Charles, quelque chose sembla se détendre, s'adoucir, une certaine lueur qui touchait ses yeux et les coins de sa bouche. Elle le crut, en tout cas.

Brusquement, la colère la quitta. En même temps, elle devint mortellement pâle. Dans son visage diaphane, seuls ses yeux vivaient. Elle n'aurait pu retenir les mots qui s'échappèrent de ses lèvres.

— Pour mon malheur, je vous aime, Charles Rissom. Vous ne vous en êtes jamais rendu compte? Je vous ai aimé tout de suite, dès la première soirée.

— Que dites-vous?

— D'après vous, pour quelle raison n'ai-je pas publié l'article? Pour quelle raison suis-je venue dans votre maudite ferme? Et ce qui s'est passé entre nous cette nuit, pour quelle raison est-ce arrivé, selon vous ?

Il ouvrit la bouche pour répondre ; elle l'arrêta d'un geste.

— Non, ne dites rien, c'est inutile. Tous les arguments, je me les suis répétés des centaines de fois. On ne tombe pas amoureux en une seule soirée, je le sais. C'est absurde, je le sais, et pourtant c'est ainsi.

Il secoua lentement la tête. Un sourire incrédule jouait sur ses lèvres.

— La première soirée... Vous auriez dû me le dire.

— Vous dire quoi ? « Monsieur Rissom, je suis une journaliste qui essaie de vous soutirer une interview, mais comme je suis tombée amoureuse de vous, je ne la publierai pas ? » C'est ce que j'aurais dû vous dire ?

Il renversa la tête et rit très haut. Elle sembla s'affaisser comme une poupée de son. Elle le regardait rire, et toute la tristesse du monde s'était réfugiée dans ses yeux.

— Voilà pourquoi je ne vous ai pas parlé, dit-elle.

Elle commença à s'éloigner.

La foule s'écarta en silence pour lui faire place. Elle passa sans rien voir. Les larmes ruisselaient sur ses joues. Un silence extraordinairement dense emplit le terminal. Des visages émus de compassion se retournèrent sur Charles. Les regards étaient lourds de désapprobation.

Il ne les vit pas. Il ne voyait que Valerie qui s'en allait. Il se sentait penaud, et la tête lui tournait. Il débordait de tendresse et d'un tas d'émotions nouvelles : c'était comme s'il naissait aujourd'hui. Son visage s'épanouit en un sourire heureux. Il regarda les gens qui l'entouraient. Brusquement, ils lui apparurent comme de vieux amis qu'il n'avait pas vus depuis longtemps. Il était normal qu'ils participent à l'événement. Pour la première fois de sa vie, il éprouvait un sentiment trop fort pour le tenir secret : il avait besoin de le crier. Il ne pensait plus du tout au secret si jalousement gardé de sa vie privée quand il donna toute sa voix dans l'aéroport pour atteindre la mince silhouette qui s'enfuyait.

— Valerie Kipper ! Je vous aime, moi aussi !

Après un temps d'arrêt, il crut bon d'ajouter :

— Depuis notre première soirée !

Ses paroles ne l'atteignirent pas immédiatement. Elle s'arrêta, hésitante, et se retourna vers lui. Elle était encore suffisamment près pour qu'il voie son expression d'étonnement. Un sourire naissait sur ses lèvres.

— Pourquoi ne me l'avez-vous pas dit ? cria-t-elle à son tour.

Le silence parut interminable. Valerie attendait, comme tout le monde dans l'aéroport. Tous les yeux étaient fixés sur Charles, et l'air devenait électrique.

A la fin, il eut un geste fataliste et il hurla :

— Parce que c'était privé !

Alors les murmures reprirent, les rires recommencèrent. Valerie était dans ses bras, à la place exacte qui lui revenait. Les étrangers qui passaient leur souriaient avec tendresse. Ils pressentaient qu'ils avaient assisté à l'heureuse conclusion d'une histoire d'amour très, très privée.

Harlequin vous offre dès aujourd'hui de partager et sa-
vourer la nouvelle série Harlequin Édition Spéciale…les
meilleures histoires d'amour.

Des millions de lectrices ont déjà accueilli avec enthousiasme ces histoires passionnantes. Venez découvrir avec
elles la Série Édition Spéciale.

FES-A-1

Achevé d'imprimer en juin 1986
sur les presses de l'Imprimerie Bussière
à Saint-Amand-Montrond (Cher)

— N° d'imprimeur : 842. —
— N° d'éditeur : 1155. —
Dépôt légal : juillet 1986.

Imprimé en France